王宮には『アレ』が居る　2

プティルブックス

マリウス・バーデンフェルト

イルムヒルトと同じく、王立学院の一年生。スラッとしていて引き締まった体躯だが、どこかまだ少年のままのような雰囲気がある。学院での令息除けとして、イルムヒルトの婚約者を申し出る。

イルムヒルト・リッペンクロック

リッペンクロック子爵家現当主。シュタインアーベン王国の王立学院に籍を置く一年生。事情があり、身を隠していた。同年代の女性の中でも背が低めで、実年齢よりも下に見られがち。聡明で忍耐力、実行力がある。

ロウ・ハオラン

異国からシュタインアーベン王国へ渡り、長年荷運びの仕事をしていた。現在は蚕の飼育に適したリッペンクロック子爵領で、蚕の飼育研究者の代表をしている。

フェオドラ・シュバルツァー

リッペンクロック商会の仕立屋『フラウ・フェオドラ』のトップデザイナー。責任者として部門統括を担当している。

ハンベルト

イルムヒルトの鞄持ち従者兼護衛。一兵卒から中隊長にまでなった、優秀な元国境警備兵。仕事ぶりや立ち居振る舞いは申し分ないが、イルムヒルトを揶揄うようなところがある。

コンラート

エーベルトが王都に買っていたタウンハウスでリーベル伯爵に仕えていた執事見習い。二十歳台くらいの薄茶色の髪に黒い目をした細身の男性。

CONTENTS

プロローグ　異国の技術者達との相談

「この辺りの気候は、あの子達の生育に適しています。それにあの子達の餌になる植物も野生種を見つけましたたし、そちらの研究もできるのです。それに、……」

そう言って、異国から流れ着いたという数人のおじさん達が、お母様とお祖父様を相手に熱心に説明しています。

まだ小さい私は、お母様とお祖父様の間で、お菓子を食べながら一緒に話を聞いています。

彼らの説明が終わったところで、お母様が言います。

「……この地が適しているのはわかりました。しかし私達は、田舎の小さな子爵領ですよ。援助すると言っても、私達ができることはたかが知れています。そういうのは普通、王家に持ち込むものではないのですか。我が国へ輸出しているクローネ王国などでは、国家事業になっていたと思うのですが」

お母様は、我が国がそれを輸入する相手国の名前を挙げながら、彼らに疑問を投げ掛けます。

「いえ、むしろ国になど売り渡したくないのです」

しかし、彼らの代表というロウおじさんは首を振ります。

「私達のいたところでは……祖父の代から、援助なしで細々と研究していました。いい物ができて、商会を作って、さあこれから売り出そうとしたら……領主と国の役人が意気揚々とやって来て、私達の研究成果と商会を根こそぎ奪い取り、私達を追い出したのです」

そんな目に遭ったら、おじさん達は国というものを信用できないでしょうね。

「では、何故私達に？」

お祖父様が彼らに問います。

「こちらの領は……領主様達は、領民の発展のために奔走されておりますし、一方で頑《かたく》なに国との接触を拒んでいる印象がありました。ですから……庇《かば》ってくれるとまでは言いませんが、軌道に乗せた途端に私達を国に売り渡すようなことは、されないと思っています」

ロウおじさんはそう答えます。

お母様もお祖父様も、国との接触を避けているのには、理由があります。その理由から、国におじさん達を売り渡すなんてことはしません。ただ……。

「物ができた後、どうやって軌道に乗せるのか……私達には、その知識はありませんよ？」

お母様がそう返します。私達には、おじさん達の商品を売る知識も、伝手《つて》もありません。

「生糸は輸入品しかないとは言え、この国ではそこからの加工や流通の体制が整っています。その流れに乗せれば売り出せると考えています」

おじさん達はそう答えます。

「それだったら、売り出すのにそれほど手間を掛けなくても良さそうだな……」

「そうですね」

お母様とお祖父様は小声で話し合い頷き合っています。

そんなに簡単にいくかな、と私は思うけど……。

「この者達数人であれば、生活と少々の研究の援助くらいなら。しばらく様子を見て、真面目に取り組んでいるようなら続ければよいし、駄目なら打ち切るだけだと思います」

「そうだな……それでいこうか」

どうやら、お母様とお祖父様の方針は決まったようです。

ということは、このおじさん達、領地に住んでくれそうですね。

それから、お母様達とこのおじさん達の間で契約を交わしました。


一通りの話が終わる頃に、私からおじさん達に声を掛けます。

「ねえ、おじさん達。さっきの箱の中身、見せてくれない？」

「イルムヒルト。言葉遣いがおかしいわよ」

お母様が言葉遣いを窘《たしな》めてくる。

でもお母様の言う、敬語だっけ？

まだそんなに上手く使えないの。

後でお母様に叱られちゃうかな。

「ああ、外に置いた培養箱ですか？　お嬢様が良ければこの後お見せします。まだ幼虫なんですが……お嬢様は、虫は大丈夫なのですか？」

でもおじさん達は気にしてないみたい。

笑って言うロウおじさんの言葉に、お母様の表情が引き攣《つ》ってしまう。

お母様ってば、虫は苦手だもの。でも私は平気。

「うん、大丈夫！　その、蚕って言うんだっけ、見せて、見せて！」

第一章　『フラウ・フェオドラ』の出来るまで　―イルムヒルト　～十三歳―

私がもっと小さい頃、異国を追われた蚕の研究者達が、どこをどう巡ってきたのか子爵領に流れ着きました。そこで偶々《たまたま》、蚕の育成に適した環境と、野生種の桑《くわ》……マルベリーの群生地を見つけ、この子爵領で再び、よりよいシルク生糸を生み出す蚕の飼育研究に挑むことにしたそうです。

母や祖父は、最初は軌道に乗るまで生活費を援助するだけのつもりだったようですが、シルクの流通価格を知り、領地に大きな利益を落としそうだと期待を寄せるようになっていきました。

ただ、私は思ったのです。

できた生糸は、本当に利益が出るのか？

彼ら研究者達を、いずれ増える生産者達を、領を、豊かにするのに充分なのか？

シルクといえば、高位貴族のスーツやドレスに使われます。生糸からドレスまでどう加工され、物が流れ、それを誰が担っているか。シルクの生産流通加工の仕組みを知らないと、私の疑問の答えがわかりません。

そこで、どういう風にしてドレスができて、それぞれどんな人が取り仕切っているのか、母や祖父、研究者のおじさん方に聞き回りました。わからないところは母に本を取り寄せてもらったり、商人の方に話を聞いたりしました。

そうして調べてわかったのは、生糸の取引量と価格を管理するのは、輸入商組合と生地商組合だということでした。

生地商は、服飾商から示される先々の注文予測から、生地の質感ごとに必要な生地量を計算し、そこから先々必要な生糸の量を割り出します。組合が個別の生地商の必要量を取り纏め、輸入商組合と購入総量・価格を交渉します。

輸入商組合は、交渉の結果決まった購入数量を各輸入商に割り振ります。それを受けて輸入商は、組合が決めた量で生糸を各々取引先国から購入し、組合から指定された納品先の生地商に納品するのです。輸入商組合は納品済取引に対し売上から手数料を引いて輸入商に渡します。

不測の事態に対処するため、各輸入商は購入する産地国の開示が必須である他、輸入商組合、生地商組合ともある程度の生糸の予備在庫を持っているはずです。同じように、生産量調整のために生地商組合も生糸の予備を持っているでしょう。

こういう状況で、自国生産の生糸ができた場合、何が起こるでしょうか。

勿論《もちろん》、輸入品より品質が悪い場合は論外です。

輸入品とそう変わらない品質だった場合はどうなるでしょうか。

輸入商組合は、個別の輸入商の利益を代表する存在のため、輸入商を脅かす可能性のある物は排除しようとするでしょう。

一方生地商組合は、輸入商組合からの購入量で仕立屋組合からの需要に間に合わない場合にだけ、このような物は歓迎されます。しかし、輸入商組合とは密接な関係なので、輸入商組合の怒りを買うことはしません。

つまりどう頑張っても定期的な取引は見込めず、一回の取引量も限定的で、価格は買い叩かれます。そうしないと生地商組合が輸入商組合の怒りを買うからです。

一方、輸入品より高い品質だった場合はどうでしょう。

通常、ある生産国で高級生糸が開発された場合、まずある程度の量を組合が購入して生地商組合に売り、生地の試作をしてもらいます。

試作生地が納得のいく高級生地になれば、服飾商組合にサンプルを出して需要がどの程度出るか確認します。

その結果と、生産国から輸入商組合が割り当てられた取引量のバランスによって、組合同士の通常取引の交渉に入ります。

生地商組合と輸入商組合は、自国生産の高品質の生糸であってもこの流れに乗せようとするでしょう。

つまり通常取引の流れになれば、生糸の取引はまず輸入商組合が管理します。

しかも、自国生産の生糸は他の輸入商にとって商売敵になるため、組合は彼らの不満を逸らすため、こちらも買い叩かれる可能性が高いです。

差額は他の輸入商に分配したり、生地商組合と分け合ったりするでしょう。

つまり……今の生地商組合・輸入商組合による量と価格管理が前提では、領でシルク生糸を生産したところで、どう転んでも買い叩かれる未来しか見えません。あるいは、母や祖父、研究者の方々は、私とは違う未来が見えているのでしょうか。

思い切って母と祖父に疑問をぶつけてみた結果……母も祖父も、研究者達でさえ……、現在の輸入生糸の取引価格を基準に皮算用していたことを知って、私は愕然としました。

そこで母や祖父を前に、私が調べ推論した生地商組合と輸入商組合で支配された生糸取引の世界と、自領生産の生糸を投入した場合の予想を話しました。

母と祖父も考え込んだ挙げ句……私の予想が正しいだろう、と零しました。

次に、買い叩かれるとしたらどの程度かについて皆で考えました。辿り着いた答えは、輸入品と同等品なら「廃業するまで」、高品質品なら「事業が維持できる限界まで、同等品が他国で開発されたら廃業するまで」でしょう。

これは輸入商組合や他の輸入商達の感情から来る、排斥の動きが予想されたからです。相手は組合で徒党を組んでいるので、叩かれるのは目に見えています。お互いが共存するために手を取り合う、という未来図は見えませんでした。

生地商組合と輸入商組合に支配された生糸取引の世界では、生糸を輸入することが前提のルールになっています。領でシルク生糸を生産することは、彼らの前提やルールにありません。

つまり、我々が彼らのルールに無理に合わせたところで、ほとんど利益が出ないか……いずれ廃業する未来しかありません。

母と祖父の心は、折れてしまいました。「シルクの生産開発を止めようか」とまで言います。でも、折角この子爵領に住んでくれ、この地を愛してくれている彼らを、見捨てるわけには行きません。

そこで私は、逆の発想で「どうやったら、彼らの作ってくれるシルクが生きるかを考えたい」と母と祖父に提案します。

生地商組合と輸入商組合に支配された生糸取引の世界では無理です。生地商組合以外の取引先を持つ必要があります。個別の生地商と個別取引することも無理でしょう。その生地商が組合から外されいずれ廃業してしまいます。

仮にどうにか生地にして服飾商に持ち込んでも、貴族向けの仕立屋組合と生地商組合が生地取引の世界を支配しているでしょうから、これも無理でしょう。

結局、輸入生糸からの生産を前提にして、組合が取引を支配する世界では勝負できないのです。

ここまでは、母も祖父も納得しました。

では、組合の支配していない取引の世界とは——それは顧客に最終製品を売る世界。シルクの需要は、主に貴族達が着る礼服やドレスです。端切れなどを毛糸に混ぜたものは平民の間にも流通しますが、シルク衣服の顧客はほぼ貴族達です。

最終製品を売る現場は、オーダーメイドで貴族達の服を作る店……つまり、仕立屋です。そこはデザイナーのセンスと服飾の品質、販売技術で勝負する世界で、それらが他を凌駕《りょうが》すれば確実な取引ができ、かつ利益は大きいと見込めます。

しかし仕立屋だけを持っても、その途中段階……生地の生産を組合に委ねてしまっては、領地で生産したシルク生糸は潰されてしまうので意味がありません。

結局、自領で生産するシルク生糸を活かすには、それを加工して生地にし、更にデザイナーの下で服飾に仕立て、顧客となる貴族に販売するまでを一手に手掛けること。つまり原料から服飾まで一貫生産販売する事業を作らないといけない、ということになります。

この考えを話すと、母も祖父も意気消沈します。何故かと聞くと「理論的にはそうかもしれないが、そんなことをやった人も居ないし、できるわけないでしょう」と母は言います。

しかしこうやって反対されるこの構想は、逆に私達がやれば、誰も真似できないことを意味します。私は母の言葉を聞いて、完成すれば絶対上手くいくと思いました。

こうして、シルク生糸から服飾まで一貫生産するという、事業構想の種は生まれました。

母や祖父へは、「母や私の代で実現できるかわからないけど、止めるのはいつでもできるし、種は蒔《ま》いておきたい」と理由を付けて四つのお願いをしました。

まず、生糸の質を優先した蚕の研究を続けてもらうこと。

研究者達のやる気の維持と機密保持のため、できた生糸は我が家で全数買い取ってほしいこと。

買い取り予算にも限度があるので、彼らに沢山作らせないでほしいこと。

最後に、先ほどまで母や祖父が考えていた一攫千金《いっかくせんきん》の夢を、一旦諦めてもらうこと。

最初の三つは、母も祖父も了解してくれました。

「でも四つ目は……私からは上手く言えないわ。私達は散々夢物語を話してきてしまったし……。

これは、子供の貴女から言ってくれた方が、彼らも聞いてくれやすいのではないかしら」と母が言います。

「お母様……それって結局、四つ全部、私から説明してくれって言っているのと、同じではないですか？」

思わず、母にそう返します。

「……そうね。貴女には悪いのだけど、そうなってしまうわね」

そう母に言われ、結局説明を全部丸投げされました。

異国から流れてきた彼ら研究者達は、多少の個人差はありますが皆一様に、黒い髪に黒い瞳、そして、こちらの領地の人よりも薄っすら日焼けしたような肌をしています。彼らは、出身の国から船でこちらへ逃げてきたそうですが、船で日焼けしたわけではなく、元々こちらの国の人よりも肌の色が少し濃いのだそうです。

代表のロウおじさまは、彼らの中でも少し歳が上で、そろそろ白髪が交じり始めた髪と同じ色の顎鬚《あごひげ》を生やしたおじさんです。私がもっと小さい頃から、蚕を見せてもらったり、マルベリーの彼らなりの美味しい食べ方を教えてくれたりと、とても私にも良くしてくれる人です。

お母様の前でなければ、私は彼のことをロウおじさんと呼んでいます。……お母様の前でその呼び方をすると、後でとっても叱られてしまいます。

そんな研究者の方々には新しい事業構想の部分は伏せたまま——子供の私が話しても、それこそ夢物語にしかなりません――、今のシルク生糸の取引の実態から、このままシルク生糸を取引した時に起き得ることを説明しました。

「やっぱり、そう簡単にはいかないか……」

やはり、彼らは意気消沈されてしまいました。

「でも、私達は諦めていません。今はそうでも、いずれ母や私が解決策を見つけます。ですから、それまで皆さんには、生糸の質の向上を目指して蚕の研究を続けてほしいのです」

私がそう言うと、研究者の方々は顔を上げます。

「難しいから、援助を止めるという話では、なかったのですか？」

彼らの代表、ロウおじさまはそう訊きます。

その言葉に、私は母の方を見ます。母は首を横に振ります。

「そうではありません。むしろ、簡単にはいかないからこそ、いずれは大きく発展するものと思っています」

そう言って、研究の過程で生産した生糸は全て子爵家で高く買い取ること、機密保持のために他には漏らさないこと、を母から彼らにお願いしました。

「現実がよくわかった。下手に取引に手を出して損害を負うよりは、ちゃんと生活も保障され、頑張って研究を続けられる方がいいです」

彼ら研究者達も納得されました。

「ただ、一つ言わせて下さい。他に負けない高品質のシルク生糸ができた暁には、是非それを世に出し、私達も豊かになる事業を作って頂けませんか。その夢があるから、私達も頑張れるんです」

そう言ってロウおじさまと仲間達が、私達に頭を下げます。

母と私は、それに頷きました。

そして、私はいつか必ず――あの一貫生産の事業構想を形にすると、決意しました。

この時は……いつか、でしかありませんでしたが。

後にそれを痛感しますが、この時はまだ、私は気付きませんでした。


その後、他領に情報が漏れないよう私達子爵家で彼らを匿《かくま》い、彼らは密かに蚕の改良を続けました。母や祖父と私は、領内に居る染色職人や生地織職人から特に口堅い数名を探し出し、子爵家の資金支援で弟子の育成を依頼するなど、構想を物にすべく活動をしていました。

そうして、少しずつ構想を育てていましたが……。

数年後――あの事件により、母と祖父母は……帰らぬ人となりました。

事件後に私が匿われた村は、偶々、あの蚕の研究を続ける方々の場所から程近い場所でした。

私が意識を取り戻し、手紙を書けるくらいに回復すると、あの研究者の方々に連絡を取りました。

すぐにロウおじさまが駆け付けてくれましたが……、屋根裏のベッドに横たわる私の姿に愕然としていました。

「領主様、先代様のご冥福をお祈りします。あの方々が亡くなったのは、とても残念です……」

そう言ってロウおじさまは、お母様達を悼み、涙を流します。

「有難う、ございます。母を、祖父を……悼んでくれて……」

「いいえ、あの方々には、とても、お世話になりましたから……。折角この生糸ができたのに。あの方々に、お見せしたかった……」

ロウおじさまの手には、生糸が握られています。

「それを……生糸を、見せて、下さ、いますか……」

私はベッドに横たわったまま、背中の傷の痛みに言葉が途切れながら、彼にお願いします。

彼が見せてくれた生糸は……光の加減によって複雑な色合いを見せる素晴らしい物でした。輸入商組合で見せてもらったどの生糸にも、このような物はなかったはずです。

「他の産地の物でもあまり見ないほどの、会心の出来です……。ですが、領主様はお亡くなりになってしまいましたし……。当主代理という方が、領都の館に居られるそうですが、この事業についてては、あちらと話した方がいいのでしょうか」

彼は、そんなことを悲しそうに言います。

私がまだ子供だから、そう考えるのも無理はないですが……あの当主代理に話を持っていかれると、リーベル伯へ話が行ってしまいます。それは阻止しなければ。

「あの当主代理という方は、母や私とは……面識がありません。それどころか、私がこうなってしまった、原因にも、繋がります。あの方に、持ち込めば……恐らく、国が出てきます」

「では、どうすれば……諦めて、国に渡すしか、ないのでしょうか」

ロウおじさまはそう言いますが、私は首を振ります。

ロウおじさま達は、母や祖父との約束を守って秘匿したまま研究を続け、このような素晴らしい生糸を作ってくれたのです。

自分達の夢を、母や祖父に託し……成果を出してくれた、ロウおじさま達。しかし、母や祖父は亡くなり——おじさま達は夢の行きどころを、このままでは見失ってしまう。


私は……決めました。

あの一貫生産の構想を——絶対に形にする。

いつか、ではなく。

五年後……いや、三年後を目指して、突っ走る。

私がやらねば、誰がやるのか。


「以前母が、貴方に話した……シルクの事業構想が、私の頭の中にあります」

研究が進まず、代表が挫《くじ》けそうになっていた時……母は、彼らを奮い立たせるため、私が考えたあの構想を話したそうです。

「お嬢様が考えているのだと、領主様からお聞きしましたが……まさか、まだ小さいお嬢様がそんなことを思いつくわけがないでしょう。単に、お嬢様が私達を気に掛けてくれているんだと、元気づけるための方便だと……そう、思っていますが」

確かに、ロウおじさまがそう思うのも無理はないですが。

「この国の、組合の現状を、調べたのも、あの構想も。元々……私が調べ、考えて、母に話したものです。ですから、引き続き……私が見ます」

私はそう宣言します。

「ですが、お嬢様はまだ子供でいらっしゃいますし……それに、その……」

私が子供で、しかもベッドに臥《ふ》せっているのです。単なる戯言《ざれごと》に聞こえるのでしょう。

「領地内の生地織や染色の職人には、数は少ないですが、既に渡りをつけています。私達がお願いして、弟子も育ててもらっています。彼らをロウさんのところに呼んで……生地や染色工程の研究も進めましょう」

ふう、ふう。体力がまだ戻っていません。

ちょっと話し過ぎて疲れたので、呼吸を整えてから続けます。

「ロウおじさまは、今のその生糸が、完成形だと思っていますか？」

「え？」

ロウおじさまは、驚いています。

「……その糸は素晴らしいですが、量産のためには……選別や煮繭《しゃけん》、繰糸《そうし》の工程で傷まないか、などなど……、更なる研究が、必要ではないですか？」

蚕の紡ぎ出した繭が、そのままシルク生糸になるわけではありません。

生糸にできない繭を選別したり、煮ることで繭にくっついている糸をほぐす煮繭、よく煮た繭から糸を手繰り出す繰糸、そして繰り出した細い糸を数本ずつ撚《よ》り合わせる集緒《しゅうちょ》などの工程を経て、シルク生糸が出来上がります。

恐らくロウおじさま達はそれを手作業で行ったのでしょう。ですが、量産する場合は色々と作業を効率化すること、他の人でもできるようにすることなどが必要です。

そう言うと、ロウおじさまは少し考えて。

「少しの量なら、私達が手作業でできますが……量産の時にそれらの工程に耐えられるかどうかは……量産の研究と合わせて、更なる品種改良も、必要になるでしょう」

私は頷きます。

「であれば、研究内容が増えますから……援助の予算も、増やすよう手配します。生産工程の効率化の研究のために、木工職人も手配します」

効率化には、道具を作る必要があるでしょうし。

「……私達の研究のこと、事業化のこと……これから何が必要かも理解しておられる。何もわからない、八歳の子供だと思っていたこと……お詫びします、お嬢様」

ロウおじさまが、私に頭を下げます。

「今の私を見れば、そう思うのが当たり前です。頭を上げて下さい、ロウおじさま」

私は首を振ります。

「ですが、お嬢様はそれでも……」

頭を上げたロウおじさまは言い淀《よど》みますが、言いたいことはわかります。

「そう、私はまだ、リッペンクロック子爵家に生まれた、力のない……しかも怪我で動けない、八歳の子供でしかありません。ですが……近いうちに、王都に行き、必要な手続きを済ませます」

何よりもまず……私が、当主に就任しなければ。

「お嬢様は、まだ八歳ですが……既に、亡くなられた領主様と同じ目をされていますね」

ロウおじさまは、私を評して下さいました。

「……普通であれば、八歳のお嬢様に、このようなことを言うのはどうかと思いますが……それでも、敢えて言わせて下さい」

ロウおじさまはベッドの横、椅子に腰掛けたまま、真剣な目で、私を見つめます。

「――貴女を信じて、宜しいのですか？」

そのロウおじさまの一言の重さに……私は、打ちのめされました。

既に、この事業を夢見て、走り始めている者達が居ます。

彼らの人生を掛けた挑戦を、背負う覚悟があるのか……ロウおじさまは、そう、私に問うているのです。

お母様に聞かされた、『アレ』の話。

その時に、私は……覚悟を決めたつもりになっていました。ですが……。

ロウおじさま、彼の仲間達、彼らを支える者達。既に渡りをつけた職人やその弟子達。母や祖父を失い、立った自分一人になったことで、彼らの人生、領地の皆の人生が、私一人に掛かっている……背負うべきものの重さを、より一層感じます。

この重さを、お母様はずっと背負っておられたのですね。

お母様の大きさを、改めて感じます。

お母様の大きさに気付けたからこそ、理解しました。

私の覚悟はまだまだ、足りなかったのです。


ロウおじさまと、彼の仲間達。動き始めた職人達。

それだけでなく、今までお母様を支え、助けて来た者達。

それに、領地で暮らす大勢の者達に、商会の人達。

彼らの人生が、これからは私一人の背中に掛かってきます。

その重さを背負えるだけの覚悟は、まだなかったのです。


でも、放り出すなんてもっての外。

私は、お母様の娘。

お母様の今までを無にしないために……皆の人生を、私は背負って立たねばならない。

だから、私は。

「確かに……今の私はまだ、小賢《こざか》しいだけの、八歳の子供です。ですが……既に、私の背には多くの人達の、命が、人生が掛かっていること……それを理解しました。ですから、ロウおじさまの、人生を賭けた願いには、今のこの私の持つ、全てを――」

もっと、もっと……私の思う限界を超えて……私の全てを、賭ける。

ロウおじさまの真剣な眼差しに、私も全身全霊をもって応えます。

「この素晴らしい生糸を使った、シルク製品の事業を作り、領地に暮らす皆の生活を豊かにすることを――私、イルムヒルト・リッペンクロックのありったけの矜持《きょうじ》を掛けて、お約束させて頂きます。どうか……三年、時間を下さい」

◇　◇　◇

やるべきことは山程あります。

最優先は、私が当主になること。

そして、王都の仕立屋業界事情、及び流通事情を調査すること。

そして、私の事業構想に法的問題が潜んでいないかを確認すること。

どれも、一度王都に行く必要があります。

まずは領政補佐——領地経営での領主副官達に手紙を出して、私の現状を知らせます。

その手紙で、私の生存と所在を当主代理から隠しておくことと、私の当主就任手続きのための各地域の税務報告などの決算用書類の作成を指示します。

あと、私の手足になって動く従僕、そして身の回りを世話する女性を一人ずつ手配してほしいとも依頼しました。


依頼した従僕と、私の身の回りの世話をする係の女性が、三日後にやって来ました。

オイゲンに依頼した書類を携えて来たその従僕は、どう見ても領政補佐の嫡男でした。文官として領の行政所に勤め始めた十九歳、オリヴァーです。

「何故文官の貴方がここに？」

「父からの伝言です。『お嬢様……いえ、当主様には腹心が必要でしょう。若くて動けて、ある程度頭の回る男を付けました』とのことです。こき使われてこい、と父に送り出されました」

オリヴァーは、父親である領政補佐オイゲンから送り出されたらしい。

身の回りを世話する女性として来たのも、副商会長ハイマンの末っ子、次女に当たるロッティです。彼女は十五歳で商会に勤め始めてそろそろ三年、十八歳のはず。

「商会で働くよりもよっぽど勉強になるからって、父に送り出されました。あと、これを」

ロッティも、ハイマンが送り出してくれたようです。

ロッティが持ってきたのは……最近王都にて広まり始めたという、車椅子です。

これから当主継承の手続きをするために王都に行くと連絡したので、自分である程度考えて動ける若い人間ということで、オイゲンとハイマンが人選してくれたのでしょう。

書類に問題がないことを確認し、王都出発の手配を始めるように指示すると、二人は私の王都行きを止めることなくテキパキと準備を始めます。

動けない私に代わって二人が王都行きの準備を整えてくれ、匿ってくれた医者と村の人に深く感謝を述べ、傷を押して二人と王都へ向かいました。

伯爵領を迂回《うかい》するルートでの、乗合馬車を乗り継いでの強行軍は、傷が癒えていない私には辛かったです。しかし、泣き言は言いません。

幸い傷が開くことはなく、七日後に王都へ到着しました。


宿に入るとすぐに、当主要件での貴族省への内密な面会申請を出しました。

申請が通り、色々あって数日後に、直接貴族省長官と面会することが叶いました。

領で用意していた書類は、面会申請時に事前提出していましたが、長官によると問題なさそうで、そこで私の当主就任と、同時にリーベル伯から身を隠すことについて相談致しました。

数日後には必要書類を揃えて貴族省に当主継承を届け出て、担当官による聞き取りの後、当主と記載された名鑑の年次記載証明入りの青封筒をあっさり頂きました。名鑑には『所在確認中』と注釈をつけて、私の所在を隠してくれるそうです。

無事、当主に就任できましたので、次は事業構想についての相談です。

シルクやそれ以外を含めた、私の頭の中の事業構想について、法的問題が内在していないか確認するため、商取引を監督する商務省を訪れて、法律相談を事前申請しました。

翌日、指定された窓口に行くと、予想はしていましたが、私の見た目から大した内容ではないと思われたか、一～二年目と思われる若い女性の担当官が現れました。

「相談員のブレンデです。宜しくお願い致します。本日は、どのようなご相談ですか？」

どのような相談ですか……って、ちょっと待って下さい。

内容が複雑ですから、貴族用窓口でわざわざ事前申請を……申請書に詳細に内容を記載して、事前に確認してもらうようお願いしたはずなのですが。

このまま進めても、大丈夫なのでしょうか。

ひとまず……そうだと認識されているのか、試してみましょう。

「リッペンクロック子爵家当主、イルムヒルトと申します。宜しくお願い致します」

「えっ？　あ、あの……」

担当官は、目を丸くし、慌てています。

これは、やはり……ただの子供の相談と、思われていたようです。

「事前申請の書面には、一番から七番まで、相談したい内容を記載させて頂いていました、まずは一番の相談についてですが……」

事前申請した内容に基づいて、議論を進めようと水を向けたところ、見るからに担当官の様子がおかしいです。

「ちょ、ちょ、ちょっと待ってくれますか！　確認してきます！」

そう言って、その女性担当官は慌てて立ち上がり、部屋を走り出て行きました。

私の見た目で、大した内容じゃないだろうと、申請書も見てなかったとか……。

車椅子を押してくれているロッティに苦笑いします。

そのまま待っていると、十分ほどしてから、先ほどの担当官ともう一人、三十歳前後と思われる職員が入ってきました。

「申し訳ございません。相談係長のクックバルトです。先ほどはブレンデが失礼致しました」

そう言ってクックバルトと名乗る職員は頭を下げます。

「いえ、この後の相談が恙《つつが》なく終わるのであれば、気に致しません」

私はそう言い、彼にこの後を促します。

「それで、貴女の事前申請書を確認させて頂きました。まず一番についてですが、この、シルク生地取扱商組合の、業界を寡占する法的根拠について、というのは、具体的には？」

そう言うクックバルト氏は、恐らく先ほど初めて、申請書を見たのでしょう。

「シルク生糸の独自調達ができそうなので、生地織の生産を子爵領でできるかを検討しています。ですが、既存の職人は全て生地取扱商が押さえていて、更に取扱商同士で組合という互助組織を作ることで、自分達で業界を寡占している状態です。この組合は法的に寡占状態を認められているのか、単に慣習的な物なのか、新たに私共が取扱商を立ち上げることができるのかを確認したいと思います」

　私はその相談内容の概要を説明します。

「えーと……そうですね、その生地取扱商組合ですか。恐らく慣習的なもので、法的な裏付けは曖《あい》昧《まい》だと思いますが……」

　クックバルト氏は、煮え切らない回答をします。

「そのような曖昧なご回答で、私共が事業を興した後で違いましたって判明しても困るのです。どなたか、わかる方を呼んで下さい」

「申し訳ありません、担当部署に確認します。ブレンデ君、至急、取引管理課へ連絡してくれ」

「は、はい！」

　最初の女性担当官が、また慌てて相談室を出て行きます。

　そうしてまた十五分経過した後、先ほどの女性担当官が、四十歳台と思われる職員を連れてきました。

「取引管理課のグレンラガンです。ええと、組合の寡占が法的に認められているものか、慣習的な物か、というご質問だとお伺いしましたが……具体的には？」

　その職員は、その分野では詳しいらしいのですが、職員に取り次いだ肝心の女性担当官が中途半端にしか私の質問を理解できていないため、また説明しなければならないようです。

　私から再度説明しますと、彼はこう答えました。

「組合による業界の寡占は、法的根拠を与えているわけではありません。一商会による独占ではないため慣習的には認められていますが、もし組合が他者を排除し独占するようなことがあれば、法的に制裁を加えることは可能です」

「わかりました」

自分の回答に私が納得した様子を見て、答えた職員、取り次いだ女性担当官、その上司クックバルト氏の三人は、これで終わりかとほっとした様子です。

ですが、私はこれだけを聞くために商務省に来たわけではありません。

「では具体的に、例えば……」

続けて、具体例を挙げ、法的に対処できるか否かと言った質問を始めます。

すると、取り次がれた職員もまた、答えがあやふやになっていきました。挙げ句の果てに、また別の担当者を呼んでよいかと訊かれます。

このまま伝言リレーにお付き合いするのは疲れますので、この辺りで締めましょう。

「……質問をする度に違う担当者を呼んで、その都度待たされるのは困ります。貴族家当主の私の時間を徒に浪費するのはご勘弁下さい！」

怒りを込めて発言すると、彼らは固まります。

ふう、と一息つき、少し感情を鎮めてから続けます。

「こちらの皆様で対応できないのであれば、この第一の相談内容、シルクの生地生産や流通の業界、訴訟関係に詳しい方を呼んで頂けますか。纏めて話をさせて頂きたいのですが」

そう言うと、クックバルト氏もグレンラガン氏も、頭を下げます。

「私共では子爵のご要望にはお答えできないようですので、上に掛け合ってきます。どうか、この部屋でお待ち下さい。誠に申し訳ありませんでした」

そう言って、彼ら三人は部屋を出て行きました。


三十分待たされた後、部屋がノックされます。

入ってきたのは恐らく五十歳くらいの、かなり上役だと思われる方。

それともう一人、二十歳過ぎくらいと見える若い職員も入ってこられます。

「訴訟管理部のベルクマンです。衣服などの消費財の生産や流通に関する、訴訟や苦情を取り纏めております」

上役と思われる方が挨拶します。

ようやく、ある程度まともに話せそうな方がやって来ました。

「私は商務省長官補佐のホーファーと申します。直接子爵様のご相談には関わりませんが、状況確認のため同席させて頂きたく思います」

若い方は長官補佐ですか。恐らく先ほどの方々を追い返したことで、私がクレーマーかどうかを判断しに来られたのでしょう。

そうしてベルクマン氏と話をしましたが、訴訟関連には詳しく、法的対処の是非は確認できました。しかしそういった既存の問題には強いですが、仮にこういった事業を興すとどこに問題が出そうか、といった想定問答になると、ご自分の知識外の関連法規はあやふやで、法律を離れた事業側の問題を論じると答えられないことが多くなります。

このままでは、事業を興す際の想定が不充分となるため、後々問題が出そうです。

ベルクマン氏はあくまで訴訟管理という職分なので、仕方ないのでしょうか。そう思い、法的問題に絞って話を詰めました。

話せそうなことは話し、ベルクマン氏に業務に戻って頂いた後、ホーファー補佐官が話し掛けてきました。

「聞いている限り、子爵様がご相談されたかった内容は、まだまだ詰め切れていないように感じますが、如何《いかが》でしょうか」

「そうですね。また別の方を呼んで、となると、さらに時間が掛かります。そもそも商務省内で解決するのかも、わからなくなってきました。それに、これはまだ一つ目の相談です。同じようなものがあと六つあるのですが」

もっと何とかならないのか、と思いホーファー補佐官を窺います。

「……恐らく、子爵様のご要望にお応えするには、直接長官と話して頂いた方がいいかと思います。ただ本日、長官は閣議で夕方まで不在でございます。明日の長官の予定は延期できるものですので、午後から押さえておきます」

商務省長官ですか……かなり優秀な方だと伺っています。期待していいのでしょうか。

補佐官は続けます。

「子爵様にはご足労をお掛けしますが、明日午後一時にお越し頂けますでしょうか。明日は直接、私、アッシュ・ホーファーが長官室へご案内致します」

ホーファー補佐官が頭を下げます。

今日は、疲れました。

「わかりました。明日、宜しくお願い致します」

補佐官にそう言って、私は、ふう、と一息つきます。

そういえば、一つ言っておかないといけないことがありました。

「ホーファー補佐官。最後に一つだけ……私の外見的情報は、長官には伏せて頂けますか。どうやら今日は、先入観だらけだったようですので」

そう言うと、補佐官は「……本日は、申し訳ありませんでした」と、また頭を下げました。


翌日、ホーファー補佐官の案内で、商務省長官の元を訪れました。

ロッティに車椅子を押してもらい執務室に入ると、長官はギョッとされていました。お願いした通り、ホーファー補佐官は私の外見的情報を伏せてくれていたようです。

「初めまして、リッペンクロック子爵家当主に就任しました、イルムヒルトと申します。このような状況ですので、略礼式でご容赦《ようしゃ》を」

長官へ一礼します。

「商務省長官、バーデンフェルト侯爵クリストフだ。ようこそ子爵。昨日はうちの職員達が大変失礼した」

そうして、長官も私に深く礼をします。

これが、以後長くお付き合いすることになる、バーデンフェルト侯爵クリストフ様との初対面でした。


多分話が長くなるのと、秘密の事項が多いので、ロッティにはこの部屋でお茶出しに専念してもらい、長官側の人員はホーファー補佐官以外の人払いをお願いし、了承して頂きました。

そうして始まったバーデンフェルト侯爵との面会は……結論から言うと、非常に有意義なものとなりました。

侯爵は、今まで会った中で一番博識で、かつ頭の回る方でした。こちらの質問についての回答は、要点をしっかり押さえ、かつ簡潔明瞭《めいりょう》。具体例は詳しくありませんが、論理的推測で答えを導き出し、詳細は別途書面で連絡する、といったもの。

長官は領地貴族家の当主でもありますが、学院生だった当時の侯爵を前長官が三顧の礼で商務省に迎え入れたと言われる逸話もあるように、ほとんど領地に帰ることはできず、実弟が総代官として領地を治めているそうです。その分、長官は王都の事情には詳しく、私の法律相談……シルクやその他の事業構想を検討する上で、非常に助けになりました。

彼との議論の中で、事業構想に対して抜けている王都側の情報を補完し、内在する思わぬ法的問題を指摘し、解決策を一緒に考え、更に良くなる提案をしていきます。全てが議論の応酬の中で、物凄い速度で構想が纏まり補完されました。

ホーファー補佐官は必死に議事録を取っていましたが、多分追い付けていないでしょう。お茶出しに専念しているとはいえ、商会勤務だったロッティもある程度は……と思ったら、彼女も遠い目をしていました。

事前に申請した七つの相談を全て話し、会談は四時間にも及びました。

特にシルク事業の件は、王都の服飾商の業界事情及び流通事情、内在しそうな法的問題についても長官が詳しく教えてくれたので、事業構想が私の中でかなり具体化しました。

「子爵の相手は多分私にしかできないから、また来る時は直接私宛てに申請を出していい」

去り際に長官はそのように言ってくれました。

また個人的に連絡をしたいと仰《おっしゃ》るので、領地への連絡先を個人的にお教えしました。

翌日は、長官から伺った王都事情をこの目で確かめるため、王都の各地を視察しました。もっと自分で調査が必要となる想定でしたが、長官がほとんど教えてくれましたので、王都での滞在予定を二日短く切り上げて領へ帰りました。

長官との会談を踏まえ、シルク一貫生産事業構想は次のようになりました。

・事業は蚕から繭を作る生産者、繭から生地までを作る工場、生地から最終製品を作る王都の仕立屋の三層構造とする。工場側では必要な作業工程は全て一か所に纏める。

・生産者も商会員とし繭の生産に専念してもらう。繭の状態で工場に在庫を置いておく。

・生地の色や番手、織り方の種類を一覧表に纏める。通常時は一覧表から必要な生地と量を店から工場に発注。工場ではその発注に応じて繭から必要な生糸を作り、染色し生地を織り仕立屋に納品する。
・糸の精錬材や染料についても組合からの調達を避け、独自開発する。
・工場側責任者と店舗側デザイナーで定期的に試作などについて協議する。工場側ではデザイナーの要望に沿って生地製造するための作業工程を検討し、試作品をデザイナーに提示。これを繰り返し完成した生地は、発注用生地一覧表に追加または不要生地と入れ替えを行う。
・運送を簡素化しかつ機密を保持するため、運送も商会で抱える。領から王都への発送は他の商人の荷物の運送も取り纏め、王都からの帰り便は領で需要のある王都の物品を買い付け持ち帰り販売することで運送費を確保する。
　これを基本原則として、細かいところは都度調整していきましょう。


　実は一番肝心なところは運送です。最優先で構築する必要がありました。

　何故なら、他は仕立屋が完成し顧客に販売して初めて売上が上がりますが、現時点では仕立屋の準備はほとんどできていません。

　それまでの運転資金を稼げるのは運送しかないのです。

　運送についても既に長官と協議済みで、王都と子爵領の間のリレー運送、各中継地と王都での情報収集と配送、という機能を軸に、単独で事業とする構想を作っています。

この事業構想は、ロッティと父親の副商会長に相談の上、まず子爵領—王都間の定期便と王都での配送・物品調達及び情報収集部門を作るところから始めました。軍の補給を担う部門とも繋ぎを作ることができ、大量運送のノウハウを得られたのは幸運でした。

配送については王都での情報などを定期的に領に送り、他の商人に販売することで実績と信用を作りました。

これらの施策により、徐々に王都への配送と物品調達にも顧客が付くようになりました。

王都の情報の販売と配送・物品購入の代行を王都—子爵領の間の町にも広げていき、それを元手にリレー運送の中継地を作ることを繰り返し、数年後には構想通りの運送網を構築し、物流事業と名を付け、大きく利益を上げるようになりました。

これで、シルク事業が本格化した際の、工場から仕立屋までの輸送に目途が立ちました。

シルク生地の製造は、蚕から生地までの生産はロウおじさま達を核に、生産者を商会で雇用し、あとは領内で人員を確保して教育していく段階です。これは時間が解決してくれると思います。

問題は、仕立服をオーダーメイドする工程……仕立屋そのものです。

仕立屋を構成する役割の中で特に重要なのは、中核になるデザインを手掛けるデザイナーと、デザイナーの意図をお針子達に伝え衣装作りを統括するディレクター、それと販売員。

これらの人は王都でないと居ないのですが、腕のいい人達は既存の仕立屋が手離しません。

そこで、仕立屋に対して皆が常識に囚《とら》われて見落としている点がないか調べるため、既存の仕立屋について調査し整理しました。

調べてみると、そもそも新規の仕立屋ができる時は、若いデザイナーを見出《みいだ》した貴族が支援者となる時です。現在の仕立屋組合の大半の店はそうして成り立っています。デザイナーの卵が独力で王都の一等地に店は作れませんし、仕立屋組合も支援者の貴族の後ろ盾なしではいれません。

お金を出す支援者は大抵貴族家当主の男性です。デザイナーが女性だと、自分の愛人を囲ったと見られるので、醜聞を恐れ貴族は女性デザイナーに支援しないでしょう。

貴族社会自体が男性優位なので、この仕立屋業界は基本男性優位の世界です。デザイナーは顧客の男性の予算と意向の中でいかに独自性を発揮するかが勝負です。貴族女性は未婚女性の場合を除いて、基本は隣の男性を立てる添え物の役割の中でお洒落《しゃれ》を追求します。販売員の女性も、全体のコンセプトを統括するデザイナーの意向の中で独自性を提案します。

このような業界の状況で、私の事業で新たに仕立屋を作るとしたら、どのような店を置くべきでしょうか。この問題は長官からも「子爵の答えを楽しみにしている」と言われたので、自分で考える必要があります。

……どうせなら既存の業界に対するアンチテーゼとして。悉《ことごと》く逆を行く店にしましょうか。女性デザイナーをトップに、デザインの主を女性に、男性を従に置き、輝く女性とサポートする男性というコンセプト。重視するのは、いかに女性を引き立たせるか。

このコンセプトが受け入れられる素地が、今の貴族社会にあるかどうか考えます。

法的には女性も貴族家当主に就任できますが、母や私のような女性当主はまだ珍しい存在です。

しかし学院の女性カリキュラムも、昔の淑女教育一辺倒——母の時代はカリキュラム移行前で、母が当主になるのは大変だったようです——と異なり、今や女性も領地経営や国政をしっかり学ぶことが選択できると聞きました。

国政でも、各省庁で女性の採用が徐々に始まっています。

女性が活躍できる素地が、芽吹いているとまでは言いませんが、兆候は出始めている感じですね。

もう少し経てばその素地は更に芽吹き、敏感に時代を読むデザイナーは男性であってもいち早くそれを感じ取るかもしれません。

そうなれば、既存店も女性を立てるコンセプトを出す可能性があります。

まだ既存店にその兆候がない今くらいのタイミングなら、最初にこのコンセプトを打ち立て、先駆者の地位を得ることが可能でしょう。

今の服飾業界に風穴を開け、男性優位の貴族社会にも開けられたらなおいい。

このコンセプトで行けるか、今度長官にぶつけて感触を確かめてみましょうか。

コンセプトが決まれば、次にデザイナーです。コンセプトを考えると女性デザイナーをトップに据えたいので、そういう素養のある女性を探す必要があります。

しかし、少なくとも今は、仕立屋業界は男性優位の世界です。

そんな素養のある女性が居るとすれば、デザイナーを夢見てこの業界に入ったが、店のデザイナーに受け入れられず腐りかけている人。あるいは、逆にデザイナーにいいように使われて不遇の状況に居る人。こういう人達が狙い目です。

ただ、前者の人達はデザイナーの目に留まっていない時点で、恐らく今まで顧客目線を意識したことがありません。後者の人も、恐らく直接顧客と相対する経験か、縫製の経験のどちらかが少ないと思います。数少ない使えるデザインもデザイナーに盗用されているでしょう。

顧客経験と縫製経験のどちらも経験豊富な、いいデザイン案を出せる女性であれば、私がデザイナーであれば間違いなく囲い込みます。難しいと思っておいた方が良さそうです。

トップデザイナーに求められるのは高いデザイン性と、顧客の要求に上手く統合させる感性、更にそれを素材と作業工程に落とし込める経験。引き抜きできそうな人は、これらのうち一つまたは二つが欠けていると思っておきましょう。

デザイナー候補を引き抜いてから、店を打ち立てるまでの間に彼女達にそういう経験を徹底的に叩き込む必要があるため、鍛え上げてトップデザイナーを作るのです。

高いデザイン性は、良質なデザインを数多く見ることで磨いていくしかありません。これは何も服だけではなく、美術品や工芸品など芸術作品を見ていくことも重要です。これは、候補達を私が連れて一緒に見て回るのがいいでしょうか。

顧客経験と素材と作業工程への落とし込みは、候補達に私の服を作ってもらうのが一番です。自分でデザイン、裁断、仮縫い、縫製と、全ての工程を自分で行う経験を重ねてもらうことで、全体像を掴んでもらいましょう。

それに練習ですし、数もこなす必要がありますから、まずは木綿とか、比較的手に入りやすい生地から始めます。シルクを使わせるのは、外に出せるレベルになってから。


そこまで考えを整理して、何か抜けていると感じました……そうだ、販売員。

顧客目線を理解し、顧客の要望を上回る提案ができる販売スタッフは貴重です。これも、一流の人は店が囲い込んで離さないでしょう。初めから優秀な販売員の雇用は難しいと考えて、素養ある人を鍛え上げ、優秀な販売員に育てる方向としましょう。

優秀な販売員を育てるには、実際の顧客対応経験を積ませていくしかありません。リスクの少ないところで実際の顧客経験を積ませ、段々高級路線に持っていく必要がありそうです。

いきなり仕立屋で販売員をしてもらう前に経験を積める、リスクの少ないところ……貴族家当主や当主夫人を相手にするところではなく、平民や下位の貴族令嬢が、自分で着る服を気軽に買える場所がいいのでしょう。

ですが、そんな場所はあったでしょうか……考えましたが、ないような気がします。こちらも、自分でそういう場所を作らないといけないと思いました。

そういえば、最近省庁でも女性の職員が増えてきたということですが、先日の法律相談で見かけた限り、女性職員の皆様は制服を着用されています。

もしかして、女性があの場で身に着ける服の種類が少ないということなのでしょうか。

そうであれば、節度がありつつ着ている人を引き立てる、女性向け仕事着の既製品を売る店を作って、そこで販売員を育てるのはどうでしょうか。

これなら、デザイナーも顧客目線とコンセプトを活かすデザインの勉強になりますし、販売員も鍛えられます。顧客は貴族だけではないので煩い組合の影響は少なく、素材も比較的手に入りやすい物を使えばいいでしょう。

更に、女性が輝く機会が増えることで、最後の仕立屋のコンセプトの後押しになりそうです。


後日、長官と再度面会し、女性向け仕事服の店のコンセプトを伝えると、長官は「面白いかもしれない」と言いました。

聞いたところ、女性職員は『落ち着いた色の、仕事に支障を来さないものを着るべし』との規定があるだけで、制服の着用義務があるわけではないようです。

にも拘《かか》わらず、女性職員の皆が制服を着ているのは、他に選択肢がないだけではないでしょうか。

これは後で、若い女性職員を捕まえて聞いてみてもいいでしょう。

女性の仕事服が広がって世間の女性を見る目が変わってきたら、既存の仕立屋も女性を立てるコンセプトを出してくるかもしれないので、タイミングが重要ではないかとのこと。

面会後の帰り際、最初に法律相談を担当した女性職員、ブレンデさんを廊下で見かけたので声を掛けました。

「し、子爵様ではないですか。以前は、本当にすみませんでした！」

と大声で謝罪するので、困ってしまいました。

「あれはもう済んだことです。お気になさらないで下さい。お声掛けしたのは、今着られている制服のことをお伺いしたくて」

そう話すと、ブレンデさんがあからさまにほっとしています。

「でも、子爵様に私が答えられることって、あまりないですよ」

私に何を訊かれるか怖いって表情をしています。

「その制服なのですが、どの省庁の女性服も共通なのですか？」

私の何でもない質問に、あからさまに彼女はほっとして、気軽に答えてくれます。

「ああ、これですか。そうなんです。まだまだ女性職員は少ないから、省庁別に制服を作るのは割高だってことで、共通の制服になっちゃったらしいです。一応、首に巻くスカーフの色で、どの省庁の職員かがわかるようにしているんですけど」

そう言って、彼女は水色のスカーフを指差します。水色が商務省ということなのですか。

「市販の仕事着みたいなのは、着られないのですか？」

「厳密には、制服でなければならないっていう規定はないんです」

制服の着用義務がないことは知られているのですね。

「でもこういう、省庁の仕事中に着ても浮かない服って、市販ではなかなかなくて……真っ黒い喪服を着るわけにもいきませんし。選ぶ必要がなくて楽なんですけど、もう少し軽くて可愛《かわい》い仕事着があればいいなと思います」

他に選択肢がないけれど、かと言って制服も着心地に不満がある。もし他に選択肢があればそっちも着たい。そんな彼女の望みが垣間見えます。

制服以外の女性用仕事着を提供する店は、思った以上に需要がありそうです。

店のコンセプトと重要な役割の人員の採用方針が決まったので、早速動き出しました。

商会の王都での情報収集の人員を使って噂を拾い上げていくと、不遇な状況にある女性デザイナーの卵を五人ほど探し当てることができたのは幸運でした。

彼女達を引き抜き、王都の商会にて匿います。彼女達には、その商会に泊まり込んでもらい、そこで木綿生地を使ってデザインの実地教育を受けてもらいました。

元々、デザイナーの素養を見込んで引き抜いた五人です。彼女達は、木綿生地でのデザインにすぐに手応えを感じ、出来が良くなり始めます。いい物ができ始めてから、女性向け仕事服の店のコンセプトを彼女達に伝え、女性の仕事を省庁で見学させた後、デザインを作らせ始めました。

デザインが良くなってきてから、女性向け仕事着の店を、人通りの多い比較的治安のいい場所で開店します。生地は仕入れますが縫製は商会で抱えました。

驚いたのが、うちの商会内部で働く女性達の間で、売りに出す前から火が付き始めました。彼女達が「自分達も欲しい」と言い出したのを聞いて、この店の成功に確信を抱きます。

案の定、売り出すと、商会や省庁で働く女性にもあっという間に広まり始め、想定以上に売上を伸ばしました。

ここでデザイナーの卵達のうち二人、エルデリンとマヌエルデという似た名前の二人が、仕事着の店のデザインに専念したいと申し出てきます。

平民出身の彼女達は、貴族向けの仕立てで勝負するよりこちらの方が性に合っている、とのことでした。表情も晴れやかでやる気に満ちているので、快諾しました。

火の付き方に、これは仕立屋を立ち上げる予定を早めた方がいいと感じた私は、残りの三人にうちの領で作ったシルク生地を使わせ始めました。

三人は見たことのない生地に驚き、刺激を受けたのか続々とデザイン案や生地の案を作成していきます。彼女達の作成するデザインや生地のアイディアの中で一際目を引いたのが、今まで五人の中で一番デザインが目立たなかった、フェオドラの案でした。

フェオドラは、元々伯爵家に生まれた末娘だったそうです。

社交の場で様々なドレスを目にし、徐々に、自分ならここはこう作るのにと、頭の中でドレスのデザインを思い浮かべる日々がやって来ました。次第に、独自のデザインのドレスを仕立てるデザイナーを夢見るようになったと言います。

しかし、家を継がない男性子息が仕立屋に修行に入りデザイナーになることは偶にあっても、女性でそれをする者は居ませんでした。そもそも男性優位の仕立屋業界ということもありますが、貴族女性にとってドレスは仕立ててもらうもので、自分で作りたいという貴族女性はまず居なかったのです。

彼女は父親である伯爵に相談しましたが、当然ながら大反対されました。それでも女性デザイナーになりたいという夢を捨て切れなかった彼女は、伯爵家を家出同然で飛び出して、とある仕立屋に住み込みの下女として身一つで転がり込んだそうです。

その後、彼女は自らの努力でお針子の一人になりましたが、合間にデザイン画を幾ら描いても男性ディレクターの目に留まらず、長く燻っている時に私の誘いを受け、今に至ります。

貴族のご令嬢でそこまでの行動力と覚悟は見上げたものだと、彼女には感心しました。

シルク生地を使った実地教育も進め、ある時、最終試験として三人に試験を課しました。

商務省長官と奥様に内密に来てもらい、三人に同じテーマで侯爵夫妻向けの仕立服を注文してもらいます。

最終的に最もコンセプトに沿い、侯爵という爵位に相応しく、かつ実際に二人で着て夜会に出たいと思ったものを、長官と奥様に選んでもらいます。

なお、基準に満たなければ選ばないのもありだと、長官には伝えました。

忙しい高位貴族である長官と奥様のご負担を考え、仮縫いは全員同じ日に一回だけ、お互いのデザインが見えないように別々に行うこと、などのルールを決め、三人に競って頂きました。

ここまで来ると私は店に顔を出さず、三人に口も出しません。

私が店に関わっているのを知るのは長官だけで、オープン前の仕立屋に服を仕立ててもらう機会ができた、とだけ奥様にお知らせ頂きました。


試験の結果、二人共に大絶賛したのはフェオドラの仕立てでした。旦那様とのデザインの一体感を損なわないまま、女性の方を華やかに立てるコンセプトを、奥様は非常に気に入って下さりました。

他の二人の作品も悪くなかったのですが、侯爵位という格に負けないという点で若干劣るとの評価でした。邸にお客様を招いて茶会を開く際に使うのであれば問題ない、ということでしたので、お二人には一揃えの料金だけ請求し、試験の完成品三揃え全てを屋敷にお贈りさせて頂きました。

試験後、私は三人と面談しました。試験の結果として、侯爵夫妻の評価と共に、今回はフェオドラが選ばれたと伝えます。

三人共に、ハッとした顔をします。

フェオドラには、今回の結果に胡坐《あぐら》をかいてはいけないこと、残りの二人には、これからもチャンスがあることを伝えたかったのです。

今回の店はフェオドラをトップデザイナーに、残りの二人をディレクターに置く体制でいきます。しかし、二人もこれから才能が花開けば、別の仕立屋を立てることもできることを伝え、今後とも研鑽《けんさん》に励んでほしいと伝えます。

決して、今回の試験で三人の位置づけが決まったわけではなく、全員がトップデザイナーとして名を遺《のこ》す道はあるのです。それを理解した三人は、快諾しました。

『フラウ・フェオドラ』と冠した仕立屋の開店セレモニーには、長官や奥様の伝手にも頼り、多くの高位貴族を招きました。その中に私がフェオドラに内緒でご招待した貴族——シュバルツァー伯爵夫妻もいらっしゃいました。

実はフェオドラが出奔した元の家が、シュバルツァー伯爵家です。伯爵は家出して長く行方のわからない末娘を案じていました。

そこで私が伯爵と面会し、今度開く仕立屋のトップデザイナーとしてフェオドラのお披露目をするので、夢を叶えた晴れ姿を是非見て頂きたい、と事情説明し、お披露目にご招待しました。

シュバルツァー伯爵夫妻は、出奔してまで夢を追い叶えたフェオドラに涙し、彼女を育ててくれた私にも感謝してくれました。

そして、娘の応援も兼ね、自らの服を何着も注文して下さいました。

フェオドラにはお披露目の後、ご家族と水入らずの時を過ごしてもらいました。

働く女性を見る目が変わり始めた時流にも乗って、女性トップデザイナーによる貴族向け仕立屋『フラウ・フェオドラ』は、順調に業績を伸ばしていきます。

それに驚いたのが、既存の仕立屋組合、そして組合に属する仕立屋のデザイナー達です。

いきなりできた組合に加盟しない仕立屋が、見たことのないシルク生地と斬新なデザインで勢力を拡大していることに、彼らは危機感を覚えたようです。

まず、組合幹部が何度か店に押し掛けました。しかし予約客で引きも切らない店側は、「ご予約のないお客様はお引き取り下さい」と追い出しました。こういうトラブル対応は想定済みのため、手引書を作って対応訓練まで実施済みです。

組合側は、今度は破落戸《ごろつき》を雇って店を包囲し営業妨害を始めました。しかし、これも我々は想定済みでしたので、商会の物流事業の護衛の人員を使って追い払いました。

店が扱うシルク生地が自分達の商売を脅かすと思ったのか、生地商組合も『フラウ・フェオドラ』に押し掛けてきました。彼らは生地の出所を明かすよう要求し、また組合を通して生地を調達するように迫りました。

店側はそうすべき法的根拠がないと突っぱね、商会の護衛によって彼らを追い払いました。

どんな手を使っても相手にされず、要求を悉く撥《は》ねつけられて困った仕立屋組合と生地商組合は、輸入商組合を巻き込んで、三組合に対する妨害行為として『フラウ・フェオドラ』の営業停止を商務省に申し立てました。

後ろ盾として複数の高位貴族の名前があるところを見ると、支援者や有力な顧客にも訴え助力を求めたのでしょう。

三組合の申し立てを受け付けた商務省は、高位貴族達の後見があるそれを無視もできませんでしたが、申し立てされた仕立屋側にも顧客に高位貴族の名前があります。

商務省は、組合側のその申し立てを一方的に受諾することはせず、双方の言い分を聞いた上での調停を行うことにしました。


——商務省の一室で、その申し立てに対する商務省の調停がこれから行われます。

申立側には仕立屋組合長と幹部数名、有力仕立屋の代表デザイナー数名。生地商組合長と幹部数名、有力生地商の商会長数名。輸入商組合長と幹部数名。

被申立側は、リッペンクロック商会から、商会長の私、副商会長ハイマン、物流部門統括フリッツ、『フラウ・フェオドラ』部門統括フェオドラ・シュバルツァー伯爵令嬢の四人。

これを、申立側の後ろ盾となった高位貴族数名と、被申立側の私達の後ろ盾として貴族省長官でもあるミュンゼル法衣侯爵、そしてシュバルツァー伯爵が傍聴します。

ミュンゼル法衣侯爵も、『フラウ・フェオドラ』の顧客に名を連ねている関係から、商会側の後ろ盾として調停会を傍聴して頂くようお願いしたところ、快く承諾頂きました。


商務省長官が来れば、調停は始まるのですが。

長官を待つ間から、生地商組合長が私に蔑んだ目を流します。

「この場は子供の居る場ではない、さっさと出たまえ」

私は、大きく溜息を吐きました。

「私はリッペンクロック商会長であり、事業統括責任者です。相手が誰か確かめもせず、挨拶もしない無礼者こそ出て行ったら如何ですか」

私の返答に中立側の全員が目を剥き驚きます。

ですが、それでも私のことをお飾りだと思ったのか、今度はハイマンの方へ話し掛けます。

まあこの見た目では見くびられますか。

「副商会長、お飾りは引っ込めてくれ。実際の責任者と話したい」

ハイマンは、意に介しません。

「彼女は事業統括責任者と言っただろう。随分耳が悪いようだが、医者を紹介しようか」

「な、なんだと！」

仕立屋組合長が激昂して立ち上がります。

「実際に商会を引っ張り、うちの商会を大きくした立役者だ。うちの自慢の商会長を舐めてると、痛い目に遭うぞ」

ハイマンが続けたところで会議室の扉が開き、商務省長官と補佐官、職員達が入室します。

慌てて組合長は着席します。

「では早速始めよう。中立状には目を通しているが、改めて中立側には、内容とその理由を述べてもらいたい」

長官の開始宣言に、中立側を代表して仕立屋組合長が発言します。

「はい、仕立屋組合の組合長、ローレンツ・オットマールと申します」

組合長は、長官や商務省職員、傍聴する貴族達に礼をし、続けます。私達の方には目をくれません。

「我々仕立屋組合は、適切な競争をしながらも貴族の皆様に安定してお仕立服をお届けするため、生地商組合の方々と長年協力して、シルク生地の安定供給の体制を構築してきました。そのために、生地商組合の方々も輸入商組合の方々とも協力体制を築き、貴族の皆様のため安定したシルク生糸の輸入に努めてきました」

輸入シルク生糸しかなかったのなら、彼らの体制は確かに安定供給に向けた一つの答えでしょう。だからと言って、自分達の組合に加入しない新規参入業者を脅し、言うことを聞かなければ嫌がらせするというのは、違うと思いますけどね。

そう思いながら、組合長の申し立ての続きを聞きます。

「しかし、先頃から『フラウ・フェオドラ』なる、我々組合の関知しない仕立屋が現れまして、出所不明の高級シルク生地を元に商売を始めました。これにより、我々が長年築いてきたお仕立服の安定供給に陰りが出て、貴族の皆様へご迷惑をお掛けしてしまうことになっております」

組合長はそう言って、傍聴席の貴族達に頭を下げます。

「つきましては我々仕立屋組合、生地商組合、輸入商組合は連名にて以下要求を申し立てます」

そう組合長は宣言します。

その後に彼らが読み上げた申し立ては、こんな内容でした。

一、『フラウ・フェオドラ』の営業停止処分。

一、『フラウ・フェオドラ』へ供給される生地の出所の開示。
一、生地を輸入している場合は、生地商組合への生地の供給。生糸を輸入している場合は輸入商組合への生地の供給と、生地商組合への生地加工業者の提示。
一、仕立服の安定供給体制を脅かし損害を与えたことに対する、三組合への損害賠償。

彼らの主張は、私達に店を畳め、賠償金を払え、生糸や生地をよこせ、というわけです。

何ですかこれ。ふざけるなと言いたいです。

高位貴族の後ろ盾があるとはいえ、こんな理不尽な申し立てを？

単なる仕立屋なら、その圧力に屈したかもしれませんが……私達は、そうはいきません。


「申立側の主張は理解した。対して、被申立側の反論を聞こう」

長官は、今度は我々側の主張を促します。

ここで私は立ち上がり、長官や商務省職員達、申立側、陪審席のそれぞれに礼をします。

「リッペンクロック子爵家当主、兼、リッペンクロック商会長、イルムヒルト・リッペンクロックと申します。我々が仕立屋『フラウ・フェオドラ』を設立した経緯を説明の上で、組合側への反論をさせて頂きます」

リーベル伯爵から身を隠している私にとって、こうして表舞台で子爵家当主だと名乗りを上げることは大きなリスクを抱えることになります。

ですが、今までこの事業を共に作り上げて来た商会の皆を守るため、仕立屋『フラウ・フェオドラ』が貴族家の後ろ盾の下に設立されたことを示す必要がありました。

そうでなければ、相手側はますます私達を舐めてかかります。

実際、私が子爵家当主を名乗ったことに、中立側の組合長などが蒼褪《あおざ》めます。

先ほどの暴言は忘れませんよ。

「子爵領における長年にわたる研究成果として、我々自身の手による蚕の飼育、及び良質のシルク生糸の生産に成功致しました」

ここで、今度は生地商組合、輸入商組合の面々が、驚きの表情を見せます。

「ですが、長らく輸入生糸の安定供給に尽力する輸入商組合には、我々の生糸は、我々の希望価格では受け入れられないと考えました」

輸入商組合は、生糸輸入業の皆様の既得権益団体です。我々が自家生産した生糸を、我々の望む価格で受け入れることはできないでしょう。

それをはっきりと述べる必要がありました。

「同じ理由で、開発した生糸を我々が独自に生地にして販売したところで、今度は輸入生糸から作る生地の安定供給を図る生地商組合にも、我々の希望価格では受け入れられなかったでしょう」

生地商組合は、恐らく輸入商組合と結託して、私達を排除する方向に動くでしょう。

これも明示する必要がありました。

私の発言の意味を理解した生地商組合の関係者達は、怒りに顔を赤らめます。

「そこで我々は、蚕から生糸を作り、生地を織り、染色し、貴族の皆様にお仕立服をお届けするまでの一貫生産体制を、苦心の末に商会独自で整えました。我々も大規模商会となり、商務省に決算報告を提出しております。詳細は決算報告の中でご確認頂ければと思います」

仕立屋組合は『フラウ・フェオドラ』の店単体への申し立てをしていますが、生糸生産から生地加工、服の仕立てまでの全てが事業対象です。

店だけ攻撃しても意味がないことを、中立側へ明示しました。

かつて、子爵家領地が締め付けに遭い、領地で足りない必需品を他領から買い付けるためのものだった、祖父の設立したリッペンクロック商会。

今や、このシルク事業と物流事業などによって規模が拡大し、リッペンクロック商会は大規模商会に繰り上がってしまいました。

商会としては所属領地への納税だけではなく、国への決算報告と納税の義務を負うことになりましたが、その代わりに、所管する商務省による後ろ盾により、高位貴族の不当な圧力も跳ね返せるメリットがあります。

決算報告は、申請が受理されれば別の商会でも閲覧可能なため、我々がどういう事業形態であるのか、調べればわかるようになっています。

工程別に組合を作り分業する彼らからすれば、一商会による蚕から仕立服までの一貫生産など、想像すらできなかったでしょう。

業界が組合の支配下にあって、今までそれに取り組んだ者など居ないのですから。

中立側も傍聴者も全員驚いています。


私は反論を続けます。

「生糸や生地だけではなく、携わる職人も全て商会で雇用することで、蚕から仕立服を仕上げるまでの一貫生産体制を我々は持っています。輸入生糸から生地を既存の仕立屋へ供給し、そこから仕立服を販売する現在の三組合の分業体制からは、我々は完全に独立しております。従って、我々は三組合の供給体制を些《いささ》かも脅かすものではありません」

我々の生糸を使った生地は、『フラウ・フェオドラ』以外へは卸していませんから、彼らの構築した既存の仕立屋への供給体制とは、完全に独立しています。

「そして、どの仕立屋が貴族の皆様に受け入れられるかは、それこそ適切な競争の範囲内です」

仕立屋による仕立服の販売は、多少のコネクションは必要ですが、基本的にはセンスと品質、販売技術で勝負する公平な世界。

そこに私達の『フラウ・フェオドラ』は新しいコンセプトを持ち込みましたが、それが貴族の皆様に受け入れられなければ、既存の組合体制には些かも影響がなかったはずなのです。

なので、彼らの申し立ては不当だとの主張です。

「ですから三組合の申し立ては、仕立屋同士の適切な競争に敗れた組合体制の側が、我々の適切な商活動を妨害するために行われたものと判断します。実際、数々の不当妨害行為を受けておりまして、当方の被害と調査結果について、長官に提出致します」

長官と申立側、傍聴者に一枚ずつ、同じ内容の報告書を配布します。

報告書には店への妨害行為や配送員に関する妨害行為について、いつどこで発生し、対象者、もしくは破落戸などによる被害であればその依頼者を特定した結果まで記載しています。

報告書を回覧し、申立側は読んだ人から蒼くなっていきます。

逆に傍聴者側は読んだ方から赤くなっていきます。対比が面白いです。

「三組合側の申し立てが不当であることを証明するために、止むなく生地の出所を開示しました。しかし、他の申立内容は全く不当であり、法的根拠がなく、適切な商取引を妨害する物であると主張させて頂きます」

ここまで言うと、組合側は自分達の不利を悟ったのか、悔しそうな顔を見せています。

「従いまして、反対にこちらから仕立屋組合、及び生地商組合の二組合に対しまして、以下申し立てをさせて頂きます」

私は宣言し、一息ついて、組合側に対する申し立ての本文を読み上げます。

一、『フラウ・フェオドラ』及び商会物流部門への、不適切な営業妨害行為の停止。
これは、組合に所属する各構成組合員によるものを含む。
一、法に抵触する悪質な妨害行為については、指示ないし実行した担当者の拘束と追放。
一、信頼関係を失った両組合及び構成する各商会・仕立屋と、当商会との取引停止。

これは、王都とリッペンクロック子爵領都クロムブルクとの間の中継地を含む拠点間物流、王都内及び各中継地における近隣への配送業務に係わる全ての契約、及び地域レポートの販売契約の全てを含む。

一、全ての営業妨害行為に対する両組合からの損害賠償。

「以上です」

私は、組合側への反証と逆申し立ての宣言を終え、皆様に一礼します。

そして予《あらかじ》め作成済みだった我々からの申立書を、長官と申立側に一枚ずつ提出します。

我々からの逆申し立ては予想外だったのか、組合側で回覧されています。

組合側は皆、特に生地商組合の皆様は、我々の申し立てに土気色です。彼らにとっては、とりわけ三番目が大きな痛手となるはずです。

「きょ、拠点間配送事業の取引停止だと……、これは大規模商会による不当な圧力だ！」

案の定、生地商組合長が声を上げます。

「双方の主張は出揃った。内容を吟味するため、十五分の中断とする」

ですが商務省長官は組合長の声を無視して宣言し、長官や商務省職員達が一時退席します。

職員達が退席後、組合側も休憩のためか退席していきます。

私達は負ける気はしていないので、そのまま座って待っています。

十五分の休憩ですが、それより早く十分後に長官達が戻ってきます。

その後組合側は、十五分ギリギリに戻ってきます。


全員揃って着席した後、長官が口を開きます。

「これより裁定を下す」

長官は組合側を見て言い渡します。

「組合側の主張は全面的に却下する」

彼らの主張を認めない裁定に、組合側は不満そうです。

ですがこれは当然でしょう。

「仕立屋同士の健全な競争によって被った組合側の損失を補填《ほてん》し、なおかつ業界における独占的地位の維持を目論《もくろ》む、不当な申し立てと言わざるを得ない。実際に商会に対して不当、もしくは不法な妨害行為に及んだ者も居るようで、到底、商会側に不当に脅かされたとは言えない」

長官は、今度はこちら側を見ます。

「ただし、被申立側の商会から出された申し立てについて、公共性の高い事業の取引停止まで及ぶと、組合側の構築している安定供給体制そのものを脅かすものになりかねない」

長官のこの回答は想定内です。

高い公共性を事業のどの範囲までと認識するかが問題です。

「商会側の申し立てを大筋で認めるが、王都とクロムブルク間の中継地を含む拠点間物流、及び王都以外の拠点から近隣への配送業務の契約停止は却下とする」

　これらの業務の公共性は高いと判断されましたか。王都以外の拠点近隣への配送も、まだまだ競争相手が少ないですから、仕方がありません。

「王都内の配送業務は実際に被害を受けていること、またレポート提供契約は付帯業務であり高い公共性は認められないことから、これらの契約については三年間の契約停止を認める」

　王都内の配送は実際に妨害されましたし、レポート提供は……止めたところで大きな損害にはならないでしょう。いざとなれば、レポートは多少高くついても転売屋から買えばよいのです。

「商会は、妨害行為について損害賠償を算定せよ。算定書が提出され次第、吟味の上で正式に処分を通達する。なお、不法な妨害行為については先ほど商会から提出のあった書面を憲兵隊に提出し、正式な捜査を行うものとする。以上だ」

　長官による裁定が終わりました。

　ここで生地商組合長が声を上げます。

「高品質の生糸や生地を商会が独占していることについて、独占禁止と我々への提供を再申し立て致します！」

　一番痛手を負うであろう生地商組合は、自分達の地位を守りたいのでしょう。

「却下する。独占的地位の禁止という法定義を拡大解釈することで、生地商組合が逆に独占的地位の確保を目論むものと見做す。商会の一貫体制はそれを防ぐために研究開発した成果であり、商会の正当な権利と認められる」

長官は、即座に申し立てを却下します。

組合側も同等の物を研究開発する手段は持っているのですから、これは当然です。

「以上、本日の調停を終了する。解散！」

長官が終了を宣言し、補佐官達と退出していきます。


組合側は傍聴席の高位貴族達の後ろ盾により、一仕立屋を潰して生地の取引先を奪うつもりだったのでしょう。

ですが我々は、蚕から仕立服までの一貫生産体制と、それを支える物流組織を抱える大規模商会にのし上がりました。

大規模商会登録により商務省の後ろ盾も得た私達を潰すのは、たとえ高位貴族達であっても無理です。実行すれば逆に組合の後ろ盾になった貴族達が責められることになります。

加えて、組合側は不法行為にまで及び、それが露見することで、後ろ盾をしていた高位貴族達に泥を塗る形になりました。

後ろ盾を頼んだ彼ら貴族達の怒りを逆に買ってしまった仕立屋組合や生地商組合の組合幹部達は、総辞職に追い込まれるでしょう。

輸入商組合は間接的に損失を被ったために今回のことで中立側には加わりましたが、我々と直接の利害関係はありませんし、妨害行為にも及んでいません。我々の逆申し立ての対象に彼らが含まれなかったのはそのためです。

彼らは適切な競争相手として、我々の生糸に負けない品質の生糸を輸入できるよう頑張ってくれればいいのです。


商務省から帰路に就く馬車の中で、皆に申し出ました。

「想定内とはいえ、申し立ての審査会は終わりました。ここまでの事業を作り上げられたのは、商会の皆さんの努力のおかげです。さて、これで当面は事業に集中して取り組めると思いますが、今日くらいは皆さんを労《ねぎら》わせて下さい」

「商会長、領の蚕生産者達や工場の皆も労ってくれよ」

シルクの生糸生産、生地生産工場を統括する副商会長、ハイマン。

「また今度、配送拠点の皆を労う場を設けて下さい」

配送事業を束ねる、部門統括フリッツ。

「店の皆も、商会長に労ってほしいですわ」

仕立屋『フラウ・フェオドラ』の責任者たる、部門統括フェオドラ・シュバルツァー。

……あの事故で傷を負い、ベッドの上でロウおじさまに誓いを立ててから、三年で突っ走ると決めたのですが……ここまで来るのに五年かかりました。

彼らや、商会の皆が、全力で協力してくれて現在があります。

それぞれの拠点で、私のお金で祝うくらいはさせて頂きます。

あの時のロウおじさま、研究者の皆様への誓いは果たせたと思います。
彼らとも、また今度、お祝いしましょう。

ですが今日は、四人で勝利の美酒を味わいましょうか。
三人共、お酒が好きですから、結構飲むことになるのでしょう。
でも私はまだ、十三歳ですから……私にお酒を飲ませるのは止めて下さいね。

閑話一　ロウの述懐

～異国でつかんだ夢～


私は、生国ではロウ・ハオランという名前だった。

私の居た村では、半分は穀物を作り、もう半分は蚕を育てシルク生糸を作っていた。

元々は、特産と言える物もなく、作った穀物を売るか、農閑期に労働力を売るかしかない、貧しい村だった。

農地は食い繋ぐ以上の広さはなく、家を継がない子供が大人になっても村で暮らし続ける余裕はない。そうした子供は大人になると村を出て行かなければならなかった。

村の周囲には桑が自生していたが、蚕を知らなかった頃はそれが役に立つとは誰も知らず、村の子供達がおやつとして桑の実を食べるくらいだった。

だがある時、大きな街の商人が私達の村の周りの桑に目を付け、シルク生糸の生産を依頼してきたのだ。

最初は商人が派遣した人達から養蚕《ようさん》の指導を受け、それが軌道に乗ってからは、自分達で生糸を生産し、商人へ卸す取引を五年、十年と続けている。

生糸を売るのは、穀物を売るのに比べたら多少実入りは良かったが……それでもまだ、村は貧しかった。

家には跡を継ぐ兄が居るので、私は、大人になれば家を出なければならない。

どうせなら、もっと村を良くしたいと……興味のあった養蚕を働きながら習うために、十二の歳に村を出ることにした。

村から生糸を買ってくれる商人が、子供の私を雇ってくれた。

商人の元で下男から働き始め、少ない給金から実家に仕送りをするが……。

十年働いて学んだことは、シルク生糸から生地織を経て、高級官僚やもっと上の人へ納められる服になる過程と……。

この商人、というかシルク服を扱う商人達が、生糸を作る農家達を生かさず殺さず扱うためわざとギリギリの値段でしか生糸を買い取らない、という現実。

また、私のような農家出身者は学もないせいか……余程でもないと、この商人の元では出世できず、それで実家を楽にさせることもできないこともわかった。

それでも、私は生まれた村の生活を楽にさせたい。そう思った私は、更に十年商人の元で働き、自分で商売をするための資金を貯めた。

商人の元では大きな出世はさせてもらえなかったため、個人で商売をしたいと退職を申し出た時は、あっさり送り出してくれた。

流石《さすが》に商人と同じ街で商会を立ち上げるのも不味《まず》いので、もう少し故郷に近い町で、小さいながら商会を立ち上げた。

生糸を買い上げ、それを馴染みの職人達――商人のところに居た時に出入りしていた職人達は、他の店の注文も受けていた――に生地として織ってもらい、それを別の商人に売るつもりで立ち上げたのだ。


だが、手始めに生まれた村へ生糸買い付けに行った時……村に着く前に、あの元々私を雇ってくれた商人と、退職を受理してくれた当時の上司、働いていた街の衛士《えいし》達が待ち伏せていた。


「時々、君のような者が現れるんですよ……街の暮らしに飼い慣らされず、生まれた村を助けようとする者がね。ですが、そんなことをされるといずれ農家や職人が値上げを求め、私達の利益が圧迫されます。村には、貧しいままで居てもらわなければならないのですよ」

そう、商人が冷たい目で私を見る。

……そうか。合点がいった。

「それで、私のような村出身の者を……下働きからなかなか上に出世させなかったのは、そうやって村を助ける権限と金を持たせないためか。それで、私のことも見張っていたのだな」

「村に仕送りをして、少しの助けになるくらいなら許容できますが……村々に徒党を組まれたり、不必要に力を付けられたりすると困りますからね。真面目に働いていたので泳がせていても良かったのですが、流石にこれは許容できません。ですから君には罪人として牢に入ってもらいます」

暴利を得ている商人は、国に賄賂を渡して罪人にし、闇に葬ろうというわけか。

捕まれば、私に未来はないだろう。

私は意を決して……道を外れ、山の中へと逃げた。

「待て！」

衛士達が私を追ってくる。

でもここは、私の生まれた村の近くだ。小さい頃に野山を駆け回った私には土地勘があり、衛士達からは逃げ切る自信はあった。

しかし……もう故郷の村へは戻れないだろう。

戻ったところで、罪人として手配されている私は引き渡されるだけだ。街へ戻るのも論外だ。買い付けのために、大きな金額を持参していたのが幸いだった。

逃げよう。どこか遠くへ。


そこから半年近く掛け、異国と商売をするための外洋船が出入りする大きな港街に辿り着いた。

生まれた村や、ずっと働いていた商人の街からは遠く離れているため、追手の心配は少ない。

……そう思っていたが、私の手配書は、この街にも流れていた。逃亡生活で私はげっそり痩せ、人相が変わっていたため、手配書が私だと気付かれることはなかった。

こうした逃亡犯の手配書は多く、その多くが行方不明のまま忘れ去られるのだという。私も何もなければ同じようになるだろう。

だが、万が一を考えて……もっと、逃げることにした。

残っていたなけなしのお金をはたいて、異国の言語を教える先生に言葉を習った。

日雇いの仕事で食い繋ぎながら、三カ月で最低限の言葉を覚えた私は、異国の外洋船に臨時の船員として潜り込んだ。

そうして私は……海の向こう、シュタインアーベン王国へと渡った。


長い航海の後王国に着いた私は、船主から給金を貰って解放された後、街に繰り出した。

生まれた国とは全く景色の違うこの国は、私の目には何もかも新鮮だった。

異国の景色、異国の言葉……ようやく、あの国から逃げられたことを実感した。

しかし、ここに来てからのことは全く考えていなかったので、まずは情報を集めなければならない。

港の近くにあった、屋台が立ち並ぶ一角へ行き、少しずつ店で食べ物を買いながら、店主からこの街のことを聞き出した。

私のような異国の船員はこの街によく来るらしく、住み着く者も多いそうだ。

ただ、私の国の出身者はこの国の者と見た目が異なるため、街外れの一角に纏まって住んでいるらしい。

「この街に住むなら、あんたのような人は気を付けなよ……。私らはそうでもないんだけどさ、移民には厳しい目を向ける人も居るからね」

店主のその話から、何が起きているのかを察した。密航して言葉の通じない国に来た者達が犯罪に走ることも多いのだろう。

であれば、私のような見た目の者に対する、この国の者の見る目は想像がつく。

店主は、私のように異国から流れ着いた者達の住む区画がこの街にあると言っていた。

他に当てもないため、教えてもらった区画へと足を運ぶ。

その区画は、予想していた通り……他と比べると少し寂れたところだった。

その入口には、私と同じような髪色、肌の色の男が二人、道の端に座って何かをしていた。

近づいていくと、男達は私に気付いて声を掛けてきた。

「見ない顔だな」

この国の言葉ではなく、私が慣れ親しんだ言葉だった。

「今日、船で渡ってきた」

そう言うと、男達は顔を見合わせた。

「……こっちに知り合いが？」

「いや。向こうで住めなくなってこっちに来た」

そう言うと、あからさまに彼らは顔を顰《しか》めた。

「犯罪者は、お断りだ」

「犯罪など何もしていない。金持ちの機嫌を損ねただけで酷《ひど》い目に遭った。そういう類だ」

そう言うと、男達は顔を見合わせたが、顰めっ面ではなくなった。

「向こうでは、どんな仕事を？」

「商人の下で修業をして、独立して布の商売を始める矢先だった」

男達はまた顔を見合わせて、今度は頷き合った。

「……こっちだ、来い」

そう言って一人は先に走っていき、一人が私を案内した。

連れて来られたのは、この区画の奥にある大きな家。

家の中に招かれ、通された部屋には、恰幅《かっぷく》のいい老人が居た。

先に走っていった男は、老人の後ろで控えている。

この老人はこの街で見た服ではなく、元居た国の上質な服を着ている。部屋の調度も、私が働いていた商人の執務室のような、向こうの国の上等な様式だ。

後ろの男や案内の男は港で見たこの国の服装だが、逆にこの部屋では浮いて見える。

この大きな家といい、この部屋の様式といい、老人はここで権限を持つ責任者なのだろう。

「案内ご苦労。お主はまた、持ち場に戻ってくれ」

老人は案内してくれた男に言い、言われた男は一礼してまた去っていった。

「私は、ロンという。あちらの国の出身者に、この街での家や仕事を案内している」

そしてロンというこの老人は、向こうの言葉で私に言った。

国を渡ったはずなのに、まるでこの場所だけは向こうの国のようだ。

なので私は、向こうの国の方法で礼をし、自己紹介をする。

「私はロウと言います。宜しくお願い致します」

ロンは、目元を緩めた。

「礼儀を弁《わきま》えているところを見ると、それなりに教育は受けているようだな」

ロンは表情も、心なしか柔らかくなっている。

どうやら、私は彼の目に適ったようだ。

「君がどんな仕事を向こうでしていて、何故こちらに来たかを教えてくれるか。それによって、こちらの国でできそうな仕事を私が紹介してやってもよい」

ロンはそう言って、彼の目の前にある机の端に目を遣った。

そこには書類の束であろう紙が積まれていた。

推察すると、それは仕事の求人票か何かなのだろう。

着の身着のままで来た私には、仕事を紹介してくれるのは有難い。だが、疑問は残る。

「その前に、一つお聞きしても宜しいでしょうか」

「私が答えられることなら、構わんぞ」

ロンは私のお願いに、鷹揚《おうよう》に答えた。

「どうして、私にそのような話を持ち掛けて頂けるのでしょう。貴方にどんな利益があるのか疑問に思いまして」

私が言うと、ロンは笑った。

「警戒心が強いのはいいことだ。頭も良さそうだしな」

ロンは何度も頷いた。

「私は、この区画に住む者達の取り纏めをしておる。犯罪者は憲兵に引き渡し、まともな者には仕事と住む場所を与える。この区画が街に受け入れられ、ここに来た者は生きていく術を得て、そして私は、その仕事の手当てから少しだけ分け前を貰うことで懐が潤う。どうじゃ」

彼の取り纏めでこの区画は治安が良くなり、住む者が受け入れられる。流れ着いた者は、ここで生きていける。彼は、区画の者達から上前をはね、その金でこの仕組みを維持する。住む者が増えれば彼の懐も潤うのだ。上手い仕組みだと思う。

だが、今度は私の番だ。

彼に納得してもらえなければ、仕事は紹介してもらえないだろう。

「納得できました。それで、私がこの国に渡ってきた理由ですが……」

私は、今までの経緯を包み隠さず話した。

ロンは時に私へ質問をしながら、私の話を聞いていた。

「……なるほど。であれば、紹介できそうなことはありそうだ」

ロンは私の話に納得したのか、仕事を紹介することを仄《ほの》めかす。

私は彼に認められたことを感じ、安堵しながら礼をした。

そうして、私は彼の下でお世話になり……輸入商組合と言われる、あの国から輸入した生糸を購入し取り纏める団体の、下働きの仕事を紹介された。

その団体の保有する倉庫での仕事内容は、輸入生糸を受け取り、倉庫へ保管するのと、倉庫から出して輸送業者に引き渡すこと。その際に、誰からいつ受け取った生糸をどの棚に置いたかをちゃんと管理せねばならないことが大変だということが予想される。

最初は、倉庫の管理者からの指示で生糸が入った箱を棚から出し入れするだけだったが、何カ月か経ち、どこに何があるか把握するようになると、棚の一部の在庫管理も徐々に任されるようになった。

給金はロンの手の者を経由して渡され、仕事内容が増えるごとに金額も少しずつ増えていった。

部屋も、最初は住む場所として寝るだけの狭い部屋をロンから宛てがわれたが、真面目に仕事を行っていると、一年ほど経った頃にはもう少し広い部屋を紹介された。

「真面目に働く者には、よりよい環境を。ロン様の意向だ」

私を部屋に案内してくれたロンの使いはそのように言う。こうして働く者達のやる気を上げることにまで気が回るところを見ると、ロンはかなりのやり手だと思った。

広い部屋に移って、引き続き真面目に仕事をして、倉庫管理の仕事も三年ほどになった頃……職場に、同じ国の出身という若い男が入ってきた。

ロンの使いによると、この倉庫の仕事は若い者向けであり、私にはまた違う仕事を紹介したいので彼に引き継いでほしいとのこと。

三カ月ほどで若い彼に仕事を引き継ぎ、次にロンに紹介された仕事は、この国で生地商と言われる生糸からシルク生地を作って売る商人の下で、シルク生糸やその加工品を、次の工程の職人の元へ輸送する仕事だった。

また、向こうでの下働きと同じか……とも思ったが、この国でのその仕事は、私が思っていたのと少し違っていた。

生まれた国では、各工程を担う職人達が街の一画に纏まって住んでいて、下働きだった時の私は、手に持てるだけの物を持って小間使いのようにあちこちの職人の間を走り回っていた。

しかしこちらでは、職人達は農家との兼業であることも多く、それぞれ別の地域に住んでいた。

それこそ、次の工程の職人のところまで村を二つ三つ越えることも珍しくない。

それだけ離れていると、手に持てるだけ持って走っていくわけにはいかない。

なのでこの国では、小さな馬車に載せられるだけ載せて移動するのだ。

こうして、村々を巡り歩く旅の日々が始まった。

故郷では畑は個人所有ではなく、作業分担として家に配分されていただけだ。作物も村で集めた後で配分するし、問題が起きたら村の全員で解決に当たっていた。貧しさも分け合っていたのだ。

口減らしで貧しい村から街へ奉公に出た子供達が就く職の一つが、職人への弟子入りだ。街の中に職人が集まる一画を作り、その中で仕事を効率良く回し、弟子入りした子供を共同で育てるのだ。

それに、故郷の国は貧しいため、長い旅では盗賊にも頻繁に遭遇する。職人が街に集まるのもそれが理由の一つになっている。

人通りの多い街道では狙われにくいが、逆に人の少ない山道で遭遇すると命を取られかねない。そのため旅人は共同で護衛を多く雇って移動するのが基本だ。

逃亡中の私は、盗賊に遭うのを避けるため、道を通らず野山を駆け回っていた。


一方この国では、生まれ故郷とは違って、農村に住む者達は食うや食わずの生活をしているわけではなかった。

この国の場合、畑は家ごとの所有地である。

村の共同の設備や、村全体に影響する問題などは村長や、場合によっては領主の力を借りて対応するが、基本的には、自分の家の畑は自分で何とかしなければならない。

そのため農家は、何かあっても自分で対処できるように蓄えを持たなければならない。私が訪れる職人達は、その蓄えに余裕を持たせるために職人を兼業している農家が多かった。

出会った職人達やその周りに住む農家は、裕福というほどでもないが、故郷に比べるとかなり余裕が感じられたのだ。

国自体が豊かではあると感じるが、それでもこちらの国でも盗賊は居る。

色々な理由で盗賊に身を落とす者は居るようだが、貧しい故郷の国と比べて、盗賊と言う行為に生死が懸かっていないように思う。多くの現金を持ち運ぶ商人であればともかく、私のような荷を運ぶだけの者は狙われにくいのだ。

私は雇われて荷を運んでいるだけで、大した金は持ち歩いていない。それに今の仕事で運ぶ荷物は、奪われたところで売り捌《さば》きにくい物だ。

偶に盗賊に遭っても、通行料代わりに少しの金と食料を分ければ見逃してくれる。

そうして暮らすこと五年。

その間、街でロンにメイリンという女性を紹介され、彼女と結婚し、子供もできた。

荷運びの仕事も、運ぶ量が増えてきて、一人ではなく四人での馬車移動となった。

一緒に荷運びをする仲間は、チョウ、ハン、ショウの三人。いずれも、私と同じ国から逃げてきた者達だ。

チョウは背の高い細身の男で、歳は私より四歳ほど下に当たる。怪我で少し左手が不自由だ。故郷では木綿織の職人だったそうだ。

ハンはずんぐりした体格で、二十歳台と私達の中では一番若い。シルク生地織の職人に弟子入りしていたが、自分より下の弟子が師匠の娘と結婚することで、彼は追い出されてしまったらしい。

ショウは、三十歳台の、ガッシリした体つきの男。農村のある家の長男として生まれ、農家をしながら蚕を育てていたという。だが、凶作によって食えなくなり、村全体が離散してしまったそうだ。

いずれも、船員になったり荷物に紛れて潜り込んだりしてこの国に来たそうで、揃ってロンの世話になっているのだ。

この仕事で一緒になったのも偶然ではなく、全員が向こうでシルクや織物に関わっており、取り扱いをわかっているだろうという、ロンの采配による物だった。

そうして四人で荷運びをしている中、いつも通る道が倒木で通れなくなっていて、迂回路を通る途中でとある村に泊まることにした。

いつも通る村々と違い、その村はちょっと寂れた感じがした。畑も、手入れされているところとされていないところがはっきり見てわかる。

夕暮れ前に到着し、一夜の宿を求めるため、村の中でも一際大きな家を訪れた。経験上、大きな家を構えるのは村長であることが多かった。

「この村に人が来ることは少ないので宿はないですが、向こうに空き家がありますから、そこに泊まるといいですよ」

出てきて私達に応対したのは、やはり村長だった。

私と同じくらいの歳の村長はそう言い、その空き家へ案内してくれた。

村に空き家があり、手入れのされていない畑があるところを見ると、離農した者でも居るのだろうか。少し寂れた感じがある理由が何となく窺えた。

「後で、食事をお持ちしますよ」

案内を終えた村長はそう言い、来た道を戻っていった。

日がすっかり暮れてから、村長は彼の妻と共に、パイ生地で包み焼き上げた料理とパウンドケーキを持ってきた。

「こちら、大した物ではありませんが、皆さんの食事としてお持ちしました」

「すみません、わざわざ有難うございます」

私達は村長にお礼を言い、四人で夕食にした。

村長の妻によると、マルベリーという果実と鹿肉のパイ包み焼きと、マルベリーを生地に混ぜ焼いたパウンドケーキだそうだ。

マルベリーという果実は今まで聞いたことがなかったが、この村ならありふれた果実らしい。

だが、一口食べて……私とショウは固まった。

「……桑の実の味がする」

村で蚕の餌になる桑を育てていた頃、その桑の木に成る実は甘くて美味しい村の子供のおやつだったのを思い出した。

ショウの村では、保存できるように天日干しにして、焼き饅頭《まんじゅう》の具にも入れていたそうだ。

「ひょっとして、こっちでも桑が生えているのか？　だとしたら、……」

聞き取れなかったが、ショウはブツブツ何かを呟いていた。

翌朝出発する際に村長のところへ行って挨拶する。

「昨晩の食事、有難うございました。この辺りでは、あのマルベリーという果実はよく採れるのですか？」

「ええ、この辺りによく生えている場所がありまして。ちょうど今が収穫時期で、村の女が森に入ります。危ないですから、何人かは猟師もついて行きますけどね」

チョウとハンはピンと来ていなかったようだが、私は、村長が危ないと言う理由が何となくわかった。

「実が甘いから、この時期はよく鹿やイノシシが狙うのでしょうね」

「おや、ご存じで？」

村長は、理由を言い当てられたことに驚いたようだ。

「私達の遠い生まれ故郷も、あのマルベリーに似た味の実が成る木を畑で育てていたのです。収穫時期は夜中に鹿やイノシシが村の中に入り込むので、交代で見張りを立てていましたよ」

私がそう言うと、村長は感心したように笑顔になりました。

「なるほど、あれを畑で育てるのですか。鹿やイノシシを追い払うだけでも一苦労しそうですね。こっちでは森の中に生えていますからな。半分は鹿やイノシシの取り分として残して、残り半分を頂くのです。猟師を連れて行くのは、鹿やイノシシを仕留めるより、猟師の匂いを嫌がって逃げてもらうためですね」

へえ。こっちでは、自生している実を収穫するのか。

実を全部収穫してしまえば、餌の減った獣が村へ押し寄せて来かねない。かと言って狩り尽くすこともできない。実をわざと残すのは、村を守るための知恵なのだろう。

鹿やイノシシは故郷では敵だったが、ここでは一種の共存関係とでもいうべきか。

改めて、故郷との環境の違いを感じた。

「あの、村長さん。お願いなのですが……良かったら、そのマルベリーの木の葉っぱを、大きいのがあれば十枚ほど頂けませんか」

私達の話を聞いていたショウが、突然そんなことを言い出した。

「大きいマルベリーの葉、ですか？　あるとは思いますが……」

そう言って、村長は不思議そうな顔をします。

「家で育てている生き物が、植物の葉っぱが好物なのです。色んな葉っぱを試していまして、一度マルベリーの葉を食べさせてみたいのです」

「はあ、そういうことでしたら、構いません。少し待って下さい」

ショウの言葉に、村長は家の中に戻っていき、しばらくして大振りの葉を何枚か持ってきた。

「これが、そのマルベリーの葉です。実を持って帰るのに使ったので、ちょっと赤く汚れていますが、大丈夫ですか？」

その葉は、小さい頃見慣れていた桑の葉とは少し形が異なっていた。

「はい！　有難うございます！」

そう村長にお礼を言いながら、ショウはその葉を受け取った。

泊まり賃を多めに村長に支払い、村を出た後で、馬車を動かしながらショウに訊いてみた。

「ショウ、どうするんだ、その葉っぱ。お前ん家で生き物なんか飼ってたか？」

ショウは貰ったマルベリーの葉を布でくるんで、自分の荷物袋に入れていた。

「……今度、話すよ」

含みのある笑顔でショウはそう話した。

だが、この後私達は、先ほどの村の桑の実は美味しかったという話題で盛り上がり、その内にショウが持ち帰ったマルベリーの葉のことはすっかり忘れてしまった。


仕事が終わって街へ帰り、また次の荷運びの旅に出る際に、ショウの手荷物には木箱が増えていた。

街を出るまでは何も聞くなと彼が言うので、街を出てから聞いてみた。

「ロウならわかるだろう。まあ見てくれ」

そう言ってショウは荷物から木箱を取り出して私に差し出した。

私が木箱の蓋を開けて見ると……ええ!?

「な、何で蚕が居るんだよ！」

箱の中身は、故郷の村で散々見た、あの蚕の幼虫だった。

まだ小さいところを見ると、脱皮をあと三回くらいしてから繭を作る段階になるだろう。

「前回荷運びに出る前に、国から逃げてきた若い奴が持ち込んだそうなんだ。自分の食糧を桑の葉で包んで、食べ終わった後の葉っぱを船の中で食べさせていたらしいよ。でもそいつ、蚕以外は着の身着のまま無一文だったから、ロンさんが俺に買い取ってやってくれって頼んできた」

その男も、よくこれを持ち込んで来たものだ。

「こっちで蚕は高く売れるとでも思ったのかな、そいつ」

私が言うと、ショウは頷いた。

「どうやらそうらしい。一緒に買い取った桑の葉はまだ余っているが、代わりになる葉っぱを探してたんだ。どうせなら、蚕を死なせたくなかったしさ」

その若い奴を助けるために蚕を買ったはいいが、こっちで養蚕ができるわけでも……と思ったところで、唐突に思い出した。

「今思い出したが、あのマルベリーを食べた村！　もしかして葉っぱを貰って帰ったのって、あの葉っぱで蚕を育てられるかも、って思ったということか？」

私の言葉にショウは頷く。

「ああ、あの貰った葉っぱを食べさせてみたら、蚕は糸を作ってくれたよ。生糸を作れるほどの蚕の数でもないし、作っても売り先はないから全部捨てたけどな。でも……蚕を死なせるのも忍びないから、またあの村に寄ってくれないか」

ショウの願いを叶えるためなのかどうか、幸い倒木はまだ撤去されていなかったので、街道を迂回してあの村に再度立ち寄った。

相変わらず寂れていたが……今日は、村長さんの家の方が何だか騒がしい。

村長の家の前に立派な馬車が停まっていて、その周りに村人らしい者達が集まっている。

私達が村の入口に近づくと、その集まりの中から村長さんが出てきた。

「おお、先日立ち寄られた方々ですな。ようこそ、またいらっしゃいました」

「街道の倒木がまだ倒れていて通れなかったので、迂回して寄らせてもらいました。またご厄介になれますか」

私達を覚えていた村長さんの挨拶に、また泊めて頂けないかを頼んでみる。

「ええ、どうぞ。ただ、今回は別のお客様もいらっしゃるので、それほどお相手できないのですが、それでも宜しければどうぞ。家も前回のところをお使い下さい。ご案内致します」

村長さんは快く応じてくれ、泊めて頂く家に私達を案内した。


荷物を下ろして、村長さんが差し入れてくれた夕食を食べ落ち着いた頃に、家の戸を叩く音がする。

何だろう、と思い戸を開けると、そこに居た年老いた者が声を掛けてきた。彼の着ている服は上等で、村の者ではなさそうだった。

「この村に以前訪れて下さった方だと、村長から伺っています。そのことで、私共の主が話を伺いたいと申しております。もし差し支えないようでしたら、主が後程こちらを訪ねますが、宜しいでしょうか」

上質な服を着ていて、しかもその上に主が居るということは、その主とは我々が街で世話になっているロンのような有力者ということだろう。彼は、その主に仕える使用人というわけか。

それが、私達の話を聞きたい？

チョウやハン、ショウにも目線を向けたが、彼らには目線で私に任せると言ってきた。まあ私達に聞かれて困ることは何もないはずだし、問題ないかと思う。

その有力者の機嫌を損ねても不味いからな。

「……ええ、それは構いません」

「有難うございます。それでは、後程また、ノックしてお知らせ致します」

そう言って、年老いた使用人は去っていった。

皆も、何が聞きたいのかと首を傾げていた。


しばらく経って、また扉がノックされる。

扉を開けると、先ほどの使用人の後ろに……歳の頃がその使用人くらいの男性、二十歳台であろう若い女性、その女性に抱かれた一、二歳の小さい女の子という、先ほどの使用人よりも身形のいい三人が居た。

女の子を抱いた女性が口を開く。

「夜分に失礼します。私は当地の領主、リッペンクロック子爵です」

え⁉

驚く私達を他所に、領主という女性は続ける。

「皆様が以前もこちらの村を訪れていると聞き、事情を伺いに参りました。中でお話を聞かせてもらっても宜しいでしょうか」

女性の丁寧な口調に、私は驚いた。

領主様にしては……私達のような者に、腰が低くないだろうか。

街では、私達のような国を逃れて来た流れ者には……身分の高い者ほど、冷たい態度を取っていたものだが。

「ええ、どうぞ」

とはいえ、断る理由はないので、彼らを招き入れる。

私達が泊まる空き家のリビングで、領主様一家に座って頂いた。

「それで、私達に聞きたいこと、とは？」

「この村は、街道から外れた人の少ないところです。それなのに、どうしてこちらに足を運んでおられるのかをお聞きしたくて」

その女性領主は、私達がこの村にきた理由を私達に尋ねた。

私達は前回も今回も、街道が倒木で塞がれているために山道を迂回してこの村に着いたこと、前回村長にもてなしてもらったマルベリーの味が懐かしい味だったので再度寄ってみたことを話した。

「マルベリーですか？　確かに、この辺りの森に自生しているのは知っています」

マルベリーのことは知っていたのか、彼女は頷く。

「私の遠い故郷では、あの木を畑で育てていて、甘い実は子供達のおやつにしたり、干して保存食にしたりしていたのです。それを思い出して、懐かしく感じました」

そう説明すると、領主様は不思議そうな顔をする。

「畑でマルベリーを……でもその話だと、実を取るためだけに育てていたわけではないようですね。畑で育てるのは、他に理由があるのでしょうか」

そこで私達は、マルベリー——桑の葉が蚕という虫の餌で、蚕が蛹《さなぎ》になる際に出す糸からシルク生糸を作っていたことを話す。

領主様や連れの男性は驚いていた。

「シルク生糸がそのようにできているとは、知りませんでした。その虫は、貴方がたの国では多いのですか」

「多いかどうかはわかりません。普通に野山に居る虫ではありませんし、私達も元はシルクを扱う商人から買って、育て方を教わったのです」

領主様は、私の答えにまた更に疑問が出て来たようだ。

「野山に居る虫ではない？」

「昔から生糸を作るために飼い慣らされてきたそうで、自力で飛ぶこともできない弱い虫です。人が育てて広めない限り、あまり広まっていないと思います」

そう言うと、領主様は考え込みました。

「……なるほど。生糸を作るのはともかく……この村に立ち寄って頂いた理由はわかりました。話して頂いて有難うございます。街道の倒木の件は、こちらも対処の手が回っていませんでした。人を募って、倒木の調査と撤去を対応します。ご不便を掛けて申し訳ありませんでした」

そう言って、領主様達は私達に頭を下げた。

「いえいえ。とんでもありません。あのマルベリーは、私達もここでしか味わえませんでしたから。またあの味が懐かしく感じたら、迂回して立ち寄らせて頂きます」

恐縮して、私達も領主様達に礼を返した。

それが、この地の領主リッペンクロック子爵家——当主ヘルミーナ様、その御尊父ウルリッヒ様、そしてイルムヒルトお嬢様との、初めての出会いだった。

◇　◇　◇

「——その後、何度か村に立ち寄った私達を、領主様達や村人達が差別もせず、いつも温かく迎えてくれるので、段々こちらに里心がついてしまって……ヘルミーナ様に、移住を申し出たのです」

そう言って、私がこの村に住み着くまでの長い話を締めくくった。


商会長……当主様が、副商会長ハイマン殿を連れて商会の工場にやって来た。

ハイマン殿が、私やチョウ、ハン、ショウと久々に飲みたいと言い出し、私達は彼の執務室で飲むことになった。そこに当主様も同席している。

「ロウおじさま達が子爵領に住むようになった切っ掛けを知らないので、教えてほしいのです」

そう当主様に言われ、私達は酔い過ぎないように酒を飲みながら説明したのだ。

当主様は、果実水をチビチビ飲みながら、私達の話を聞いていた。

「ヘルミーナ様が、街での私達の取り纏めをしていたロンさんに話を付けてくれて、移住がすんなり決まりました。後のことは、ご存じの通りかと」

特に、マルベリーで養蚕してみたいというショウが居なければ、私達はここに移住していなかったかもしれないが。

「しかしロウ達は荷運びを長く続けていて、その顔役の信頼も厚かったんだろう？　どうやって先代様は顔役に移住を認めさせたんだろうな」

そうハイマン殿が疑問を述べる。

しかし当主様の表情からすると、それほど疑問ではなかったようだ。

「母が話を付けたということは、私も小さい時でしたし、具体的な話は私もわかりません。ですが、その街を治める領主のことは、資料から読み取れる程度のことはわかります。そのロンという方、恐らくは、その貿易都市レスターブルクを治めるコルルッツ侯爵の配下なのでしょうね」

驚く私達を他所に、当主様は続ける。

「レスターブルクには、他所の国から流れ着いた者達のコミュニティが、その出身国ごとにあることは知られています。ロウおじさま達の出身国のコミュニティを纏めていたのが、そのロンという方なのでしょう」

他の国からの密航者に対しても、ロンのような取り纏め役が居たのか。

港に着いた私に声を掛けてきた者も、私の外見的特徴から、そのコミュニティとやらに振り分ける役割だったのかもしれない、と思うのは考え過ぎだろうか。

「ここからはあくまでも私の想像ですが、おじさま達のように流れ着いた者達の中から、真面目に働く人をそのロンという方に取り纏めさせて、そうでない人は送り返すか、犯罪者として扱っていると思います。そうして労働力確保と治安維持の一部を担っているのでしょう」

「それじゃあ、ロウ達の移住を認めたのは？」

ハイマン殿が当主様に質問する。

「放っておいても、流れてやって来る者が度々居るのでしょう。他所に住みたいという人を送り出してやれば、それだけ流れてきた者達を住まわせる部屋に空きができて、新しい人……悪い言い方をすると、安い労働力を受け入れられます」

そういう絡繰《からく》りがあったのか。

だからロンさんに私達の移住があっさり認められたのか。よくできた仕組みだと感心した。

チョウ、ハン、ショウも納得するように頷いている。

「ところで、新しい生糸の開発の方は、どう？」

そう、当主様に水を向けられる。

「今のところ、より細くて丈夫な生糸を作れそうな個体が出て、今はその母数を増やしているところです。ある程度増えたら、交雑させたりして選別していきますよ」

「そう。まあ、新種の開発は時間が掛かるから、気長に待ちましょう。ロウおじさまの息子さんも今は開発を手伝っているのですって？　皆さんが商会に馴染んでくれたみたいで、私は嬉しいです」

当主様はそう言って、私達に柔らかく微笑む。

申し出た時点で既に家族の居た私とチョウだが、ヘルミーナ様は家族ごと移住を受け入れてくれた。既に生まれていた私の息子も、今では大きくなり、商会に入って蚕の飼育の手伝いを始めている。

この際だ。当主様にずっと言いたかったことがある。

「あの時……当主様が怪我で寝込んでおられた時。まさかシルク事業がこんな風に実現するなんて思っていませんでした。落ち着いた今だからこそ言えるのですが……あの時は、厳しいことを言ってしまい、すみませんでした」

そう言って、私は当主様に頭を下げ、謝罪した。

当主様は、目を丸くした。

彼女の目には……徐々に、涙が溜まっていく。

やはり、あの時の覚悟を問う言葉は、当主様には厳し過ぎたのだろうか。

そう思い始めたが、当主様は感極まったような表情をし、首を振った。

「いえ、あの時のロウおじさまの言葉があったからこそ……私は当主としての覚悟ができたのです。ロウおじさまには感謝しています。あれがなかったら、今頃、私は……」

当主様はそう言って頭を下げる。そして……彼女の膝の上へと、大粒の雫が落ちた。

「いえ……今思えば、八歳の女の子に言う言葉ではありませんでした」

「二人共、その辺にしとけ。頭の下げ合いはキリがない。結果としては良かったんだから、それでいいじゃないか」

私も頭を下げたまま謝罪するが、ハイマン殿がそれを止めた。

確かにこのままではキリがない。

私も当主様も、頭を上げる。当主様の目はまだ赤い。

「それに――三年とお約束したのが、こうして五年掛かってしまいましたし、それをお詫びしなければ、とも思っていました」

当主様は続けてそう零し、私達にまた頭を下げた。

だが、それにはちょっと……どころではないことを、言わせて頂きたい。

「いやいや、あの三年というのは、当主様が事業を立ち上げ始めるまでの準備期間のことを言っておられると思っていたのです。まさか僅か三年で、シルクと物流事業を同時並行で立ち上げようとしていたなんて、夢にも思っていませんでしたよ！」

私は当主様へ、抱えていた苦情を言う。

まさか、当主様にあの言葉を掛けたことが切っ掛けで、ここに居る者達だけではなく、商会中が追い立てられるような忙しさになるとは夢にも思わなかった。

「ああ、全くだ。話を聞いた時、俺の感想は『正気の沙汰じゃねえ』だった。商会長の頭の回転が速いのは認めるが、俺達がそれと同じ速さで動けると思うなって、散々商会長にはどやしつけたっけなあ」

ハイマン殿もそう振り返る。

当主様から出される指示と報告を求めるペースが速すぎて、明らかに商会の皆は追い付いていなかった。

私も何度かハイマン殿に相談したし、ハイマン殿は他からも同じような相談を受けていたようだ。

何度も当主様に苦情を言い、その度に当主様とハイマン殿が言い争う形になっていた。

当主様は、恥ずかしそうに顔を赤らめ、眉を落とす。

「その節は……申し訳なかったです。後から考えて、私も『これはなかったな』って反省しました。三年というお約束に縛られて、無茶なことを指示してしまったと思います」

シュンとして、反省する当主様。

「それでも、たった五年で立ち上げどころか盤石にしたのも、充分無茶だからな!?」

それに突っ込むハイマン殿。

私も、チョウやハン、ショウも、ハイマン殿に同調して頷く。

この五年……ベッドに臥せっていた当主様がお約束してくれてから、商務省での調停で事業が認められるまでの五年間は、商会中が皆必死に働いて成果を出した。

「まあ、それも無茶だったと言われれば、そうかもしれませんが……今思えば、あれくらいの必死さがなければ、領地の暮らしを変える大きな事業は立ち上げられなかったでしょう?」

あの当時八歳だったお嬢様が、当主様になられ、ここまで五年。

当主として五年間を突っ走って来た振り返りだとわかっていれば、そして他人事であれば、ああそうですねと聞ける。

だが、それをまだ十三歳の女の子が話しているのだと見れば、違和感この上ない。

それだけ多くのモノを、この幼い当主様は背負っているのだ。

「……だが、あんな無茶はもう二度としたくねえ」

当主様の述懐に、ハイマン殿がぼやく。

「今なら言えるけど、きつかった」

「働き過ぎて死ぬかと思ったよ」

「蚕は商会長のようには動けないからね……生糸生産を軌道に乗せるのは大変だったよ」

チョウ、ハン、ショウの三人もそう呟く。

それこそ、もう二度とあんな無茶は嫌だと皆が思うほど忙しかったのだ。そこだけは、ハイマン殿を含めた、商会皆の総意だ。

「あ、あの、もうあんな速さでの事業の立ち上げはしませんから！」

慌てて当主様が弁解する。

「……クックックッ。まあ、あんな立ち上げはしないって言質が取れたから、そろそろ商会長を揶揄《からか》うのも止めようか」

「そうですね。それなら、まあ」

私も笑うハイマン殿に同意し、チョウ、ハン、ショウも笑いながら頷く。

あんな無茶は止めてくれと言いたかったのは本当だが、色んな物を背負っているまだ十三歳の女の子を、本気で責め立てるつもりもない。

「……か、揶揄っていたのですか!?」

当主様がムッとしている。

だがまあ、当主様だって、あれは本気で怒っている表情ではない。

お互いが相手のことを気遣いつつも、本音を言い合えるこの関係が心地よい。

五年間、当主様はずっと真剣な表情で気を張っていた。

先代を亡くし、八歳でたった一人立たせて、子供らしい表情が奪われてしまった……。そう、ハイマン殿が裏で嘆いていたのを知っている、
しかし五年間を過ぎて、事業が成功し、余裕が出てきたおかげで、当主様の表情も段々柔らかくなり、豊かな表情も見え始めた。

当主様をずっと見てきたハイマン殿も私も、彼女の十三歳らしい表情を、もっと私達の前で見せるようになってほしいと思いながら、微笑ましく見ていた。

何だかんだ言って、ハイマン殿も私も、チョウ、ハン、ショウも……そんな商会長のことを尊敬しているし、自分の娘のようにも思っているのだ。

このまま素敵な女性に成長して、幸せを掴んでほしいと、心から思う。

第二章　マリウス様との婚約を結びました

第三騎士団で父に面会し、『アレ』から指輪が届いたその翌日。

気を取り直して、バーデンフェルト侯爵家へは、受けていた婚約の打診について、受諾する旨のお伝えと、訪問日程の調整をご連絡しました。

私からは、最短で翌日の訪問が可能と伝えましたところ、ほどなく、『明日お越し下さい、折角なので明日は夕食にご招待します』と回答がありました。

明日なら侯爵も少し時間を空けて頂けるそうです。


翌日、侯爵邸を訪れました。

多分正式に婚約の契約書面を交わすことになるので、今日はオリヴァーとハンベルトも随伴させます。

馬車の中でハンベルトが声を掛けてきました。

「お嬢。柄にもなく、えらく今日は緊張してるじゃないか」

先日のパーティーは公の場だったので、ハンベルトもきちんと私を立てる言葉遣いをしていましたが、私と従者達だけの内輪で話す時は、結構砕けた物言いをします。

「……こ、婚約なんて、前は、考えたこともなかったから……」

領地の皆も、この契約に賛成してくれたとは言え……そういうお付き合いを今までしたことがない私には、免疫がありません。

「初対面で俺を叱り飛ばしたあのちっこいお嬢ちゃんが、婚約ぐらいで赤くなって、緊張してるとはねえ」

「お嬢ちゃんって言うの、止めてくれない⁉」

ハンベルトの揶揄いに、私もちょっとムキになって言い返します。

ハンベルトは一兵卒から最終的に中隊長にまでなった、優秀な元国境警備兵です。本人曰く、上官の命令した無茶な任務で傷を負ったため退役させられたそうで、子爵領の生まれ故郷に帰って燻っていました。

彼の経歴と経験を買った私が拾い上げ、訓練を経て鞄持ち従者兼護衛として雇用しています。

彼は、公の場では私を主と呼びますし、仕事振りや立ち居振る舞いも申し分ないのですが、気心の知れた仲間内だけの場では、私のことを昔は『お嬢ちゃん』、今は『お嬢』と呼びます。

付き合いの長い彼が、周りの目のないところで私をそう呼ぶのは……まあ、構わないのです。

ですが、揶揄ってくるところにちょっとムッとさせられます。

実害はないし、今のやり取りもむしろ、私の緊張を解そうとしてくれているような気がするので、口の悪い彼のことを嫌いにはなれないのですが……他の言い方はないのでしょうか。

「だから俺が、お嬢にいつも言ってるじゃないか。もっと背が伸びて、お淑《しと》やかなレディになったら、お嬢サマって呼んでやるって」

「その言い方、何か違う！」

そんな物言いは私に失礼だと、以前オリヴァーやロッティがハンベルトに怒っていました。しかし今では、私達のやり取りをクスクス笑って見ています。

それにしても、仕事相手ならともかく、婚約者なんて……どんな顔をしてマリウス様に会えばいいのかわかりません。

取り敢えず、仮契約の期間だし、仕事だと思って接すればいいのでしょうか……。


そうしている内に馬車は侯爵邸へ到着し、三人で邸内に入ります。

さっきまでと違い、ハンベルトもオリヴァーもロッティも、キリッとした仕事モードに変わっています。

私達はすぐに侯爵の執務室に通されました。

「子爵。ようこそ。君からの情報は引き取らせてもらったよ。陛下からは引き渡しを求められたが、国民の命に係わる問題だから、断っている」

侯爵様は執務室で挨拶をします。

周りの目がありますので、わざと暈《ぼか》した言い方を侯爵様がされます。

私が侯爵様に引き渡したのは、侯爵様の長女アレクシア様と婚約していたエドゥアルト第二王子殿下《でんか》が、婚約中にも拘わらず色街で遊んだ結果、妊娠してしまった娼婦《しょうふ》の女性。

アレクシア様が第二王子殿下との婚約を無事に解消できるよう、私が侯爵様に彼女の保護をお願いしました。

陛下からは女性の引き渡しを求められたとのことですが、渡せば陛下は彼女を始末してしまいかねません。女性の安全を確保するため、侯爵様はお断りされたようです。

「ずっと抱えているわけにもいかないでしょう。どうされるおつもりで？」

そのうち王家も色々手を打ってくるでしょうし、侯爵様の意向を確認します。

「対策は考えている。しばらくは無理だが、魑魅魍魎《ちみもうりょう》の多い王都でずっと抱えているつもりはない、とだけ言っておくよ。情報自身に悪いようにはしない」

色々はっきりしてから、つまり子供が生まれて、それが第二王子殿下の子供であるかを確かめてから、部外者の入り込みにくい領地の田舎に送って……というところでしょうか？

大丈夫だと思うのですが、女性を守るためにも、引き続き私の手の者にこっそり張らせておきましょう。

「それはそうと、今日はこの間の返事のための来訪かな」

早速、侯爵様は本題、婚約の締結の是非に切り込んできます。

「ええ、そうです。侯爵家の有難い申し出、お受け致します」

私はお世話になる身です。ちゃんと居住まいを正し、礼をして回答します。

「そうか、それは良かった。ちなみに、他に今どんな家から婚約の申し込みが来ている？」

私のところに釣書や、プライベートな招待状が来ている家のことを、侯爵様が訊きます。その影響範囲次第で、婚約発表のやり方を考えるのでしょう。

「厄介そうなところですと、ラックバーン辺境侯爵家、コルルッツ侯爵家、リッテルシュタッツ侯爵家辺りでしょうか」

私は、有力過ぎて特に対処に困っている家の名前を挙げます。

ラックバーン辺境侯爵家は、国境紛争で最近何度も隣国から圧力を受けているところです。国境警備に関わる家は押し並べて発言力が強いですが、ラックバーン家は最近特に小競り合いが多く、子爵家の財務的な支援が必要なのでしょう。

ラックバーン家は色々あって王家とは少し距離があり、王家やそれに近い家の支援が受け難いのも影響しています。

また、私の家の領地が王都とラックバーン領の中間に位置するので、物流経路をラックバーンまで延ばしてほしいという意図もあるでしょう。

提案があったのは三男で、私の一歳上。今度学院の三年生になるはずです。

コルルッツ侯爵家は、海洋貿易で栄える貿易都市を抱える有力貴族家の一家です。輸入シルク生糸の半分以上はこの貿易都市を経由して輸入するため、国産シルク生産を成し遂げた子爵家のことは良く思っていないでしょう。

提案があった次男は、私の一歳下、学院に入学する歳だったと思います。

リッテルシュタット侯爵家は国内随一——唯一ではないですが——の穀倉地帯の過半を担う、ここも発言力の強い家です。ただ、領地は王都から見てクロムブルクとは全く方向が違います。子爵家と商会のノウハウや財力を使って、王都との拠点間配送経路を開拓したいというのが本音だと思われます。

提案されたこの家の三男も一歳下で、今度学院に入学するはずです。

「それでは、婚約の契約書面はここで交わすとして、婚約を早く広めねばならんな」

そう言って、侯爵様は顎に手を当て、少し考える仕草をします。

「契約書面を交わした後……写しを持って、今日中にマリウスと二人で貴族省に行ってくるといい。婚約の届出を直接してくる方が、広まるのが早いだろう」

そう侯爵様が提案します。

「……そうですね、その方がいいと思います」

貴族の婚約や結婚、出産などの情報は、貴族名鑑を管理する貴族省に届出が必要です。貴族省からは月次でこれらの変更情報を各家に通知するのですが、領地から貴族省に届出を提出すると、貴族省が裏付けを取った上で受理し、各家に通知書を出すまでは一、二カ月の時間が掛かります。

一方、貴族省の担当部署に直接届出すれば、通知書が出回るまでの時間はかなり短縮されます。

確かに、その方法だと王都にあっという間に広がるでしょう。貴族省へ二人で伺うことで衆目に晒され、恥ずかしいことこの上ないだろうと思いますが。

「それでは早速、書面を交わそう。先日の文面で問題はなかったかな？」

「体裁の問題ですが一部直して頂きたく。こちらをご覧下さい」

ハンベルトに指示し、領地で作成した婚約契約書を三枚出します。

元々、侯爵様が提示した条件は以下の通りです。
・婚約したからと言って、侯爵家として商会への関与はしないこと。
・長男マリウス様が私の相手となり、学院の在学中の私へのアプローチを防ぐこと。
・そしてマリウス様が私の配として不適格だと判断する以外にも、子爵家側に不都合があれば、学院卒業時までに婚約解消を申し出れば、瑕疵《かし》や賠償を問うことなく婚約を解消できること。
いずれも、子爵家の私にとって有利な条件ばかりでした。

対価として求められたものも、私が主に商会内部に持つ調査の手を時々有償で借りたいということと、その調査の人間の育て方を教えてほしいという程度のものです。

領地で検討しましたが、私達が追加するようなことはほぼなく、曲解されないよう言い回しを幾つか直した程度でしかありません。

侯爵様に確認してもらいましたが、問題はないようでした。

「マリウス、入ってきなさい」

マリウス様は隣の部屋で待機していたようです。呼び掛けに応え執務室に入ってきます。

それぞれの契約書面に、侯爵様、私、マリウス様がサインを記し、侯爵様と私が当主印璽《いんじ》を押しました。

三枚の内訳は、一枚は侯爵、一枚は私が所持し、残る一枚は貴族省届出用です。

私の分はハンベルトに預け、書類鞄に入れてもらいます。


書面を交わした後で、マリウス様が私の前に跪《ひざまず》きます。

「先日のやり直しをしましょう」

そうマリウス様に言われ、領地へ帰る前の侯爵様からの婚約の打診の際……マリウス様がこうして私の前に跪き、私に右手を差し出したことを思い出しました。

……あの、プロポーズみたいなことの、やり直しってこと!?

その時、私が思わず手を取りそうになってしまったことまで思い出してしまい、ドクッと、大きく鼓動が跳ね、恥ずかしさに顔に熱が上がってくるのを感じます。

「先日も言いましたが、子爵の物の考え方や意志の強さ、姉上への気遣いなど……僕は子爵のことを、好ましく思っています。家同士の契約ですが、僕は貴女の横に立てることを嬉しく思います。どうか、手を」

前回より、直接的に……私への好意を、マリウス様が伝えます。

私は、もう、得も言われぬ気持ちで一杯一杯になり……。ドキドキしながら、マリウス様に手を差し伸べます。

マリウス様は、私の差し出した手を取り……。

「子爵様、これから宜しくお願い致します」

彼は、私の指先に軽く口づけをしました。

……もう、私は恥ずかしさで顔から火が出そうです。

「マリウス様……、宜しく、お願いします」

ドクドクと煩い鼓動に、火照る自分の頬。極度の緊張に言葉がなかなか紡ぎ出せない中、何とか挨拶を述べます。

ここでクスクス笑う声が、思わぬ方向……私の背後から聞こえました。

「マリウス。想いが伝わったようで良かったですね」

「イルムヒルト様が、あんなに真っ赤になるだなんて」

パウリーネ様と、アレクシア様ですね……って、いつの間にここにいらしたの？　それに、ひょ、ひょっとして、今のを後ろからずっと見ていらしたのですか⁉

「ア、ア、アレクシア様！　か、揶揄わないで頂けますか⁉」

アレクシア様に怒りますが、見られたことの恥ずかしさで、先ほど以上に顔が熱いです。気持ちが収まらず、目が回り頭も働きません。

「ふふふ。マリウスがイルムヒルト様にべた惚れだから、想いを受け止めたイルムヒルト様がどんな反応をするのか、見てみたかったの。満更でもなさそうで安心したわ」

「んん、もう！」

良かったと笑うアレクシア様。

私は彼女にどう怒っていいかわからず、言葉にならない悪態をつきます。

そんなアレクシア様とのやり取りを見て、マリウス様がクスクス笑って言います。

「これから仮とはいえ婚約者ですし、貴女と仲睦まじい様子を周りに見せないと、令息除けとしても意味がありません。早速ですが、お互いの呼び方から変えていきませんか？　一般的には婚約者同士、愛称で呼び合うものだと思います」

「そ、そうですね……」

私は恥ずかしさで一杯になり、俯き加減で答えました。

「どうか、私のことはマリューと。私は貴女を何とお呼びすればいいですか？」

一応婚約者ですもの。仕事の距離感じゃない方がいいとは思いますが……。

先ほどから、マリウス様が、ぐいぐいと押して来られます。

「そ、そうですね……では、私のことは、イルミ、とお呼び下さい。マ……リウス様」

私の愛称を伝えますが……まだ恥ずかしくて、愛称で呼ぶのに躊躇《ためら》います。

「マリュー、ですよ。イルミ」

でもマリウス様は、そんな私に容赦なく、愛称呼びを求めます。

……うわ、面と向かって愛称呼びされるのって、恥ずかしい！

「マ、マリュー」

もう顔が熱いです。

私を見てアレクシア様もパウリーネ様も含み笑いしています。

「くっくっくっ……。初々しい真っ赤になった子爵が見られて面白いが、慣れてもらわないといけないな」

もう、侯爵様まで面白がっています！

「父上、いきなりは難しいですよ。でも徐々にこの距離感に慣れてくれると嬉しいな、イルミ」

なんでしょう、わざわざ愛称呼びして、私の反応を楽しんでいるように見えます。

「なんだか、揶揄われている気分がします」

そんな彼にジト目を向けます。

「いや、そんなことは……ないとは言わないけど」

そういうマリウス様は、誤魔化すように目線を逸らします。

「正直ですね、マリウ……マリュー」

うう……やっぱりまだ、愛称呼びは恥ずかしい。

「はは……。まあこれは、イルミに慣れてもらうためでもあるんだよ。でも貴女のそんな反応が見られて嬉しい……少しは僕のことを意識してくれてるようでね」

「もう！」

恥ずかしくて、横を向いてしまいます。

「初々しい子爵の反応は見ていて面白いが、揶揄って楽しむのも、その辺にしておこうか」

侯爵が話題を変えてきます。

……ふう、やっと一息つけそうです。

「無事に婚約が成ったことだし、早速二人で、貴族省に手続きに行ってくるといい。私は仕事に戻るが、今夜は婚約祝いの夕食会を用意しているから、子爵も是非お越し頂きたい。私も早く戻ることにする」

こ、婚約祝い？　夕食会？

何だか……また、恥ずかしさに晒される気がします。

「有難うございます。またマ……リュー、と戻ってまいります」

ともあれ、そういう会を開いて頂けるのは有難いので、侯爵様にお礼を言います。

「ええ、父上。お気を付けて行ってきて下さい。ではイルミ、参りましょう」

マリウス様がさっと手を差し伸べてくれます。高位貴族の男性ですし、慣れていますね。

「こういった教育は、ほとんど受けていないので……不慣れですが、エスコートのほど、宜しくお願いします」

マリウス様にお礼を言いますが、彼はじっとこっちを見ます。

「名前を呼んでほしいな」

「お、お願いします、マ……リュー」

うう、愛称呼びはまだ恥ずかしい。

でも……愛称でお呼びすると、彼もちょっと嬉しそう。

よく見ると、彼の耳も赤いのです。私が一方的に恥ずかしさに晒されているのではないことに、ちょっとほっとしました。

恥ずかしながらそっとマリウス様の手に私の手を乗せ、彼のエスコートで侯爵家の馬車に乗り貴族省へ向かいます。侯爵家の馬車には侯爵家の侍女とロッティが同乗し、オリヴァーとハンベルトには子爵家の馬車で後ろからついてきてもらいます。

馬車の中でもマリウス様が話し掛け、私が赤面しながら答え、それを侍女とロッティがクスクス笑いながら見ている、という状況でした。

貴族省に到着し、婚約届を出す担当部署へ、マリウス様のエスコートで向かいます。

向かっている途中から段々周りが騒がしくなります。

「あの子爵様が大人しくエスコートされているぞ！」

そんな職員達の声も聞こえます。

「イルミは有名人だね」

「そうみたいですね、マリュー」

マリウス様に微笑みかけます。

内心かなり恥ずかしいですが、婚約の噂を広めるため精一杯やらせて頂きます。

婚約届を担当部署に提出する頃には、大勢の人が部署の入口の外から覗き込んでいます。

「あの子爵様が、普通の婚約者っぽく振る舞っているぞ？」

「子爵様だと知らずに見たら、普通のご令嬢みたいだ……」

「あんなにこやかな子爵様って初めて見たわ」

貴族省の職員達から、好き勝手言われているのも聞こえてきますが、ぐっと堪えます。

一体私は、貴族省の皆様の中でどんなイメージなのでしょう。問い詰めてみたくなります。

「何をしたら、あんな言われ方するのかな。後で聞かせてくれる？」

「うっ……」

マリウス様の質問に、思い当たることが幾つもある私は、言葉に詰まってしまいました。


届出の後、少し時間を置いて侯爵邸に戻り、仕事から戻られた侯爵様を交えて夕食会です。

婚約したので、ちゃんとマリウス様にエスコートされて中に入ります。

それを見たパウリーネ夫人もアレクシア様も嬉しそうです。

夕食会は非常に和やかに進みました。侯爵家の料理人達が気合を入れて腕を振るってくれたらしく、豪華なフルコースが食卓に並びます。

子爵家は慎ましくしており、しかも家に客人を招くこともなかったため、この夕食会に出てくるような綺麗に盛り付けされた料理はあまり見たことがありません。

そんな豪華な料理が次々出て来るその様に私は目を丸くしましたが、目の前に配膳される皿は量を少なめにしてあり、女性の中でも体の小さい方である私にもコースを堪能して頂きたいという心遣いが感じられるものでした。

夕食会の中で、婚約届を提出した時の貴族省での顛末に話が及びます。

「一体イルミは貴族省で何をしたら、貴族省の職員達にあんな風に言われるのかな」

マリウス様が、心底楽しそうに話しています。

「あんな風って？」

アレクシア様が興味津々にマリウス様に尋ねます。

「婚約者らしく二人で手続きしていたら、周りから聞こえてくるのが『普通の婚約者っぽい』とか、『知らなければ普通のご令嬢みたい』だとか、『あんなに大人しい子爵は初めて見た』とかね」

マリウス様が思い出し笑いをしながら話します。

「まあ！」

アレクシア様は驚き、パウリーネ様も目を丸くしています。

ですが侯爵様は顔を伏せ、肩を震わせています。これは笑いを堪えていますね。

「……侯爵様？」

思わず、侯爵様をジト目で見てしまいます。

「いや、初めて子爵と会った時の、商務省内の様子を思い出すとね。多分、子爵が貴族省に行った時も、あんな風だったのだろうと思ったのだ」

侯爵様、やはり面白がっています。

「何ですか、それ。聞かせて下さい」

ほら……アレクシア様もマリウス様も、昔の私のことに興味津々になってしまって。

「子爵が当主を継承したての時に、商務省に事業の相談に来たのだが……当時八歳の子爵が、対応した職員達を次々と論破し叩きのめしてね」

「え？」

侯爵様の話す内容に、ご家族の皆様は目を丸くされています。

「それ、話を盛っていません？」

思わず、侯爵様に抗議します。ですが、侯爵様は首を振ります。

「商務省の中では、当時の子爵の話は伝説になっているぞ」

侯爵様。それは……話に尾鰭《おひれ》が付いているって言っているのも同じなのですが。

「最初は、一般の子供の相談だと勘違いした女性職員だったが、その上司、専門部署のベテラン担当官と次々打ち負かして、幹部職員まで引っ張り出したがそれでも駄目で、結局は私のところまで来たな」

侯爵様が可笑しそうに話しますが、その内容に皆が目を丸くします。

「当主になりたての八歳の子爵が、私と直接、四時間も会議で渡り合ったのだ。私もそれほど長く、差し向かいで議論したことは数えるほどしかない」

「お父様と、差し向かいで四時間……私、無理だわ……」

侯爵様の話す内容に、アレクシア様も呆然とされています。

マリウス様は口が半開きのまま固まっています。

でも、それほどだったでしょうか。私は首を傾げます。

「当時でそれだからな。子爵は更に成長するだろうし、職員達は、自分達で子爵の相手をするのは無理だと思ったようだ。それ以来子爵が商務省に現れたら、職員達は皆、虎が出た熊が出たと大騒ぎになる。結局子爵の案件は私のところに直接来るようになった。恐らく貴族省でも同じようなことがあったのではないか？」

侯爵様の問い掛けに、私には思い当たる節が幾つもあります。

貴族省での爵位継承手続きの時も、最終的に長官のところまで行きましたし……。

「あ、あの最初の時は……とにかく、切羽詰まっていたので。それに、侯爵様も、私の相手をする時は楽しそうでしたけど」

私は、思わず目を逸らしながら言います。

「必死だったのは、今ならよくわかるよ。……アレクシアが入省したら、次の子爵の法律相談の時にアレクシアも参加させてみるか。あれを実体験すると、また子爵への見方が変わりそうだ」

「そ、それは凄そうですね……」

アレクシア様が恐々とされてしまっています。

「多分、アレクシアの想像以上だ。入省したら補佐官に聞いてみるといい」

最初の法律相談で同席されていたホーファー補佐官のことでしょう。

「マリウスも、子爵をあまり揶揄っていると、仕事で返されるぞ」

「うぇっ……」

マリウス様が、ビクッとされていました。

馬車での行き帰りの間中、マリウス様は度々愛称呼びしては私の反応を楽しんでいらっしゃいました。侯爵様には、私がいつか仕返ししようと思っていたことまで見抜かれています。

「まあまあ、仕事の話はそれくらいで。それで、貴族省から噂は広まりそうなの？」

パウリーネ様が話題を変えて下さいました。

そろそろ、居た堪れなくなってきたので助かります。

「侯爵様の言うような私の前評判のおかげか、私達の一挙手一投足を省員の方が大勢見ていました。通知が出る前に結構噂になるかもしれません」

私は、手続きの間に周りに職員達が集まって噂をしていたことを話します。

「そう、それは良かったわ。大分恥ずかしい思いをした甲斐がありましたね」

「お、お見通しですか」

パウリーネ夫人には見透かされています。

「それはそうよ、私も通った道ですもの。私も旦那様と婚約の届出に行った時は、大勢に囲まれて緊張しましたわ。旦那様の方がもっと緊張していらしたけど」

「「「え!?」」」

私だけではなくアレクシア様、マリウス様、ディルク様も驚いています。

侯爵様は、何だか恥ずかしげに目を逸らしています。

「あの、いつも冷静な父上が？」

マリウス様が、唖然《あぜん》としています。

「私達も当時まだ学院生でしたしね。当時の旦那様は、商務省に来てほしいと前長官が既に何度も学院に脚を運ばれていましたし、皆様の注目の的でしたわ。だからあの時は私も、『隣のご令嬢は誰だ』と、大勢に遠巻きに見られました。それ以上に隣の旦那様が緊張していましたから、開き直れましたけど」

侯爵様も、パウリーネ様も、そうだったのですか。

自分だけではなかったことに、気が楽になりました。


そうだ、マリウス様に聞きたかったことがあったのでした。

侯爵様の薦めで、もう少し準備をしてから学院へ通うことにしましたが、アレクシア様に招かれた際の『領地経営研究会』の方々以外の方を、私は知りません。

特に、マリウス様に婚約を申し出、学院内でアプローチされたご令嬢の方々が居るとは聞いていますが、どの程度いらっしゃるのでしょうか。

私も学院での身の振り方を考えないといけませんし、この際聞いてしまいましょう。

「ところで、マリュー。学院に通うとして、私が気を付けないといけないご令嬢って、どのくらいいらっしゃるのでしょう？」

私が問うと、マリウス様は上を向いて思い出すように答えました。

「厄介そうなのは……マウリッツ侯、ヴィーラント伯、ハイルマン伯のご令嬢くらいかな。特にマウリッツ侯爵令嬢は、従爵位家のご令嬢達を何人も引き連れて数で押してくるから、面倒かもしれない」

マウリッツ侯爵……ワインをはじめとした酒類の製造で有名なところで、財力の高い家でしたか。ヴィーラント伯とハイルマン伯の家は領地が隣同士で、両家は近年作物が不作気味だと聞きます。力のある家からの援助を必要としているのでしょうか。

そういえばマリウス様って、今まで婚約者が居なかったのですよね？

ということは……。

「学院に入ってからそのご令嬢達に付き纏われたとか、そういったことはありますか？」

「……ご名答。婚約者が決まっていなかった侯爵家の長男だったから、ご令嬢達に追い掛け回されたよ。特に三人はしつこくてね」

……やはり、そういうことですか。

これは、学院に入ったら気を付けないといけませんね。

「でも僕は、お花畑も、侯爵夫人になりたいだけの人にも興味はなかった。だから、彼女達から送られてきた婚約の打診は全部父上にお断りしてもらったよ。僕がイルミと婚約したことで、当てが外れたご令嬢達には気を付けないといけないね。僕もできる限りのことはするよ」

マリウス様、本音がちょっと黒いです。

傍から見れば、後継ぎと目されていた長男が格下の子爵家に入るのですから、私が色々やっかみを受けそうですね。これは覚悟しておきましょう。

「そうね。これで子爵様とマリウスの間がギクシャクしていたら、ご令嬢達だけではなくて高位の令息達にも付け込まれるわ。精々、学院で仲睦まじい様子を見せつけて差し上げて？」

パウリーネ様の言われていることもわかります。

「……努力します」

恥ずかしさもあって、そう答えるのが精一杯でした。

「ふふふ。子爵様はこういったことに不慣れみたいですから、マリウスがしっかりリードして差し上げなさい」

「そのようですね。宜しく、イルミ」

「は、はい」

パウリーネ様とマリウス様には、この手のことでは敵わないようです。


侯爵家の皆様とは、夕食会で大分距離が縮まったように思います。

マリウス様との会話もちょっと慣れてきました。

ただ、私は恋愛のことはまだ何もわかりません。

マリウス様は整った顔立ちをされていますが、男性の外見にまだそこまで興味はありませんし……。マリウス様をお慕いしているかと訊かれても、まだピンと来ないです。

時々、ドキッとさせられることはありますけど。

それに愛称呼びもまだ恥ずかしいです。

まあ、これからまだ時間はあるのです。ゆっくり、お互いを知っていきましょう。

◇　◇　◇

婚約の届出と夕食会の後、三日間は、子爵家に来ていた釣書、面会申請、夜会の招待状、プライベートな会合の招待状などの処理に追われました。全てお断りのご連絡です。

バーデンフェルト侯爵家と婚約したため、これから学院に入るため、多忙のため——相手の爵位や内容次第で理由は変えていますが、高位貴族家相手でもお断りできる理由が増えたので助かります。

その間、オリヴァーやロッティを幾つか使いに出す際に、市中の噂を拾ってもらうようお願いしました。

マリウス様と私の婚約の件は、早々に広まっていました。パーティーの件で私のことが市中にまで広まってしまいましたから、そんな私の婚約は話題性があるのでしょう。

これなら、王都に来る機会の多い貴族や、学院生にもすぐに広まることでしょう。

そんな中、領地の行政所から、タウンハウス内装工事の最終図面と工事日程表が送られてきました。資材は順次、拠点間物流を使って運んでくるようですが、工事開始が今から三日後となっています。

ということは、工事の人員は、既に領を発っていませんか、これ？

日程表によると、全体の工事完了は三カ月くらい掛かるそうですが、どうも私の執務と居住の環境を最優先で手配してくれるみたいで、私の執務室と居室、その周辺を整えるのは一カ月でやるみたいです。かなり早くないですか？

最終図面を確認すると、完成すればなかなか堅い守りが築かれそうです。

端の方に「機密保持のため、見たら焼き捨てて下さい」と書かれているので、オリヴァーに焼却処分を指示します。

ん？　ちょっと待って。三日後？　一カ月間？

……ああっ！

その間の私達の宿！　早く手配しないと！

荷物の整理も！

それに、工事の人員の宿の手配も！

オイゲンったら、なるべく早くとは言ったけど、幾ら何でもこれは事後報告過ぎじゃない!?

そう思って慌てて立ち上がり、オリヴァーやロッティを呼びます。

そこからは侍女達や使用人達、護衛達も総出で、慌てて宿に移る準備を始めました。急いで工事の手配をしてくれたのは有難いですが、あまりに早過ぎるのも考え物です。

以前の潜伏中は市中にある下位貴族家向けの宿を使いましたが、今回はタウンハウスにも近く割と治安のいい場所にある『アウレール』という宿を押さえました。

『アウレール』は、王都に邸宅のない貴族家が王都に滞在する際に使われる宿の一つで、治安の良さと貴族向け付帯サービスの充実につき、高位の方の利用も多い宿です。

値段は以前の宿の倍以上しますが、マリウス様と婚約したこともあり、あまり格の低いところを使うわけにはいかなくなりました。

工事の人員の宿は、ここから近い空き家を数軒借りることで確保しました。


そろそろ二年生の新学期が始まるので、学院長に話を通しておきませんか、とマリウス様からご連絡がありました。

宿に移った翌日になら行けるかと思って返信したところ、ほどなく、その日に学院長のアポイントを取りました、とマリウス様からご連絡がありました。


宿に移って翌日、マリウス様が馬車で私を迎えに来ました。

今日私に随伴するのはロッティとハンベルトです。ロッティは私と馬車の中に、ハンベルトは御者の横に座ってもらいます。

「イルミ、学院にはすぐ通えそうなの？」

「すぐには難しいですね。子爵領と商会の仕事もありますし、タウンハウスがしばらく使えません。あと、制服もまだ用意していません」

制服は、学院から支給される既製品があったはずなので、学院長と面会した時に手続きの方法を訊けばいいでしょう。

「じゃあさ、僕の方で制服を手配するよ」

そう言うマリウス様ですが、何故制服を、わざわざ？

「学院支給の既製品ですよ？」

「それが、最近ちょっと事情が変わってきてね」

学院は下位の貴族や、各貴族家が抱える従爵位家の者、今では優秀な平民にも門戸が開かれています。中には制服を購入できないような方々もいらっしゃいます。

そういう事情も鑑みて、学院の設立当初から、制服は全て学院から支給されることになっているはずです。

その制度が、変わったのでしょうか。

「今でも数少ない女性の省庁職員は、ずっと国から制服が支給されている。でも何年か前に市中で『エルゼ&エルゼ』っていう女性用仕事着の店ができてから、女性の省庁職員の間で、制服以外にも市販の仕事着を着るようになってきているんだ。この辺りの話は知ってる？」

マリウス様に頷きます。

「その『エルゼ&エルゼ』という店は、それを狙って作った、うちの商会の店ですから」

そこは『フラウ・フェオドラ』を作る際に、デザイナーを鍛える目的で作ったところです。

最初は違う名前でしたが、今はデザイナーの二人の名前をもじって、店の名前にしました。

「そうなんだ、そこまでは知らなかった」

マリウス様は驚きますが、本題ではないのでそのまま話を促します。

「それで？」

「うん、話を続けると……、その流れが学院に飛び火したんだ。特に高位のご令嬢達の間で、制服に反対する動きが出てきたんだよ。ただ、学院は高位貴族だけの場ではないからね。下位の貴族や平民からの入学者達は、既製服の方が良かったんだ」

それはそうです。あまり服にお金を掛けられない家も多いでしょう。

私は、そもそも支給される制服で充分だと思うのですが。

「そこで学院側の妥協として、実験的に、ぱっと見て制服に見えるように仕立てた服でもいい、となってね。一部の高位貴族のご令嬢達の間で、制服風の仕立服が着られるようになった。勿論既製服のご令嬢も居るんだけど、逆にそういうご令嬢は家に力がないように見る人が出てきてしまってね」

マリウス様の意図は理解しました。

「それで、私が侮られないように、制服風の仕立服を？」

「そうなんだ。是非、贈らせてもらいたいと思ってね」

話はわかりましたが、それは難しい問題ですね。

前提条件を確かめましょう。

「それは、そういう制服風の仕立てを着ているご令嬢達が、どういう方々かによりますが……。どちらかと言うと、マリウス様の言うお花畑に近い方々が多いのではないのですか？」

「……どうかなあ。確かに、声の大きくて、下位のご令嬢を大勢従えたような、高位のご令嬢が多いのは確かだけど……」

　そういう制服風お仕立てを切る方々が、どういう方々かによって、その流れに乗るかどうかが変わってきます。

「それに、既製服を着ているご令嬢を『家に力がない』と揶揄《やゆ》するのも、そういう方々ではないですか？」

「……うん、そうかもしれない」

　やはり、マリウス様のご提案を受けるにはいかないようです。

「だとすれば、安易にその流れに乗ってはいけませんね」

　私はそう、マリウス様にキッパリと言います。

「……そうなの？」

　マリウス様は、こういうことには少し疎くいらっしゃるのでしょうか。

「省庁の女性職員達は、男性社会の中に飛び込んで、能力を発揮して自ら引き立てないといけないのです。仕事服は、そうした女性が自らを奮い立たせ、輝くための手段になります」

　こうした女性の機微は、男性にはわかりにくいのかもしれません。

「ですが学院のご令嬢達は、まだ社会に出る前です。学院生の本分は学ぶことであって、男性社会の中で能力を発揮することではありません。そんな中で制服風お仕立てを着る方は……良識ある人からは、言い方は悪いですが『学院生の本分を忘れたお花畑』と見做されてしまいます」

私の認識に、マリウス様はショックを受けています。

「既製服を着ておられる高位のご令嬢達の方は、その点を弁えていらっしゃるのでしょう。アレクシア様とそのご学友の方々も、既製の制服でいらっしゃいましたよ」

私を学院にお招き下さった領地経営勉強会の皆様は、揃って既製の制服を着ておられました。

だから、学院内でマリウス様の言う流れが起きていることを知る機会がなかったのです。

「まさか、そんな話だったとは……。僕のクラスの男子学生の間では、『服よりも中身が大事だ』っていう意見が多かったから、僕はそんなに気にしてなかった」

男子学院生にも、こういった機微を理解する方はいらっしゃったのですね。

ただ、マリウス様が額面通りに受け取り過ぎなのは気になります。

「服より中身が大事、というのは、裏を返せば『制服風の仕立服を着るご令嬢は、中身に期待できない』と言っているのです。ちゃんとしたご令息は、制服風仕立てを着るご令嬢は相手にしないと思いますし、私がそれを着ればマリウス様だって『見る目がない』と思われてしまいますよ」

そういう『頭の軽い男女』に見られるのも嫌なので、マリウス様を諭します。

「……うん、そうだったね。イルミの言う通りだ。僕が浅慮だった」

考えの足りなかったことを反省し、マリウス様が落ち込まれます。

でも、マリウス様がそう考えられた動機は恐らく……。

これはフォローして差し上げないと。

「制服のお話は、婚約記念に何か贈り物をしたい、というマリューの気持ちからだったのでしょう。その気持ちは嬉しいです」

笑顔でマリウス様の気持ちに感謝すると、彼は少しほっとした表情になります。

「学院での学業の妨げにならないような、小振りの装飾品で何か見立てて頂ければ嬉しいです。身に着けられる物でしたら、それを見る度に、マリウス様の気遣いを感じられますわ」

記念だからと言って、無理して高い物を買わなくてもいいことを暗に伝えます。

「……わかった。有難う。姉上にも相談して、イルミに似合うものを見立ててみるよ」

マリウス様が笑顔を見せます。良かった、少し立ち直られたようです。


学院は新学期の開始前とはいえ、ちらほら学院生達の姿が見えます。

「今の時期に学院に残っているのは、部活動や研究活動などを行う人達だと思う」

そうマリウス様は言います。

私の今日の装いはフェオドラに仕立ててもらった仕事着です。マリウス様が私をエスコートして学院長室に向かう間、あちこちから視線を感じます。それなりに注目を集めたようです。

学院長室に通され、学院長と私とマリウス様で応接テーブルに着きます。学院長の女性秘書や我々の従者達はそれぞれ後ろで控えます。

学院長は五十歳代後半の、白髪の交じり始めた穏やかな男性です。学院長という職位に法衣侯爵位が付帯していますが、ご本人は平民の出だと、以前お伺いしました。

職位に爵位が付帯しているのは学院を守るためです。王家の後ろ盾があることを示す代わりに、爵位を誰かに継承することはできず、職を辞すと同時に失うものだそうです。

「ようこそお出で下さった、子爵様、マリウス君。ご婚約おめでとうございます」

「有難うございます、学院長」

婚約祝いの言葉に、マリウス様と二人で礼を言います。

「ところで、本日のご用向きは？」

「はい、昨年私が入学の際、学院長にお願いをして籍だけ置き、学院に通わない旨をご了承頂きました。ですが大きな問題が一つ解決しまして、通わない理由がなくなりました。つきましては、改めて学院に通わせて頂きたく、お願いに上がりました」

学院長の質問に、今日の用件を私から伝えます。

正確には、もう隠れていられなくなったからです。

卒業パーティーで、あの第二王子殿下が私を名指しで呼び出し、冤罪で糾弾したせいで。

「子爵様が学院に通われるか。それは勿論、大歓迎です。一年生の学期末試験の最高得点者が、二年生から学院に通われるのは、皆の励みになるでしょうな」

「え？」

学院長の発言に驚きます。最高得点？　私が？

「うん、イルミは共通科目の総得点で八〇〇点満点中、七九八点だったかな。二位と二〇点くらい差が開いていたと思うよ。僕も頑張ったけど七六五点で五位だった」

それなりにできたとは思っていましたが、ほぼ満点？

一学年辺りの人数は、五十から七十人くらいでしたか。大体二十人ずつ、成績順にクラス分けされていたかと思います。

淑女教育を選択されるご令嬢達も、ある程度の基礎教養は必要として、共通科目の成績で順位がつけられています。

その中で、マリウス様もかなり上位にいらっしゃるようですね。

ちなみに、騎士課程の学院生達だけは、評価も完全に別になっています。騎士団に入るための課程という性格から、初年度から多くの実技科目が取り入れられており、その分他の課程との共通科目も少なくなっています。他の課程と同列に評価することができません。

「それで、新学期はすぐに通われますかな」

「残念ながら、諸々の準備に時間が掛かり、新学期が始まって二週間くらいからになると思います。あと、流石に子爵家や商会の仕事を学院寮には持ち込みたくありませんので、入寮は難しいです。ですので、当面は宿から通わせて頂きたいと思います」

私は学院長に、寮に入らず外から通うことへの許可を求めます。

タウンハウスの準備まで待つのは諦めましたが、学院に通うまでに片付けないといけない案件がまだ残っています。

それにリーベル伯爵の捜査の件も、近いうちにもう一度呼び出しがあるでしょう。

「宿ですか……それはどちらで？」

「今は『アウレール』に滞在しています。王都に所有する邸の内装工事が終わりましたら、そちらから通います」

タウンハウス完成までに滞在する宿をお伝えしておきます。

「『アウレール』ですか。あそこからなら、道中の治安も問題ありませんな。大丈夫ですよ」

学院長の許可が頂けました。

通いで学院に来るのも問題ないようですので、後は制服の件ですね。

「あと、元々は通うつもりがなかったので制服がありません。学内で購入することになるのでしょうか」

「ふむ……子爵様は、既に実務に携わっていらっしゃいますが、仕立てはしないのですかな」

学院長が尋ねます。

やはり学院長は、仕立服を着るかどうか見定めようとしています。

「学院は学びの場です。着飾りたいだけの方々ではなく、マリウス様の姉君アレクシア様のような、矜持ある先達のご令嬢の方々に倣いたいと思います」

私がそう申し上げると、学院長は笑顔になります。

「そうですか。しっかりしたお考えをお持ちで安心しました」

やはり、安易にマリウス様の申し出に乗らなくて正解でした。

マリウス様はちょっと顔色を蒼くされていますが、事前にご相談しておいて良かったです。

「ところで、制服といっても寸法が細かく二十種類くらいに分かれております。ご用意するサイズを特定したいのですが、採寸表をお持ちでしたら、私の秘書に預けて頂けますか？」

……制服の寸法が、二十種類⁉

フルオーダーの『フラウ・フェオドラ』はともかく、既製服を売る『エルゼ＆エルゼ』でも、精々寸法は五種類です。

細かく注文する高位貴族のご令嬢が、過去に大勢いらっしゃったのでしょうか。

ともかく、採寸表は何かのためにロッティに持たせていましたので、彼女に目配せして女性秘書の方に渡してもらいます。

「有難うございます。確認の上、後で合う寸法の制服を宿にお届け致します」

女性秘書がそう答えて下さいました。

「制服と合わせて、二年生の教本をお届け致しましょう。選択科目の分も全てお送りしますので、選択される科目をお知らせの際に、不要な教本も私宛てにお送り頂けますでしょうか」

「わかりました。教本が届きましたら、早めに確認させて頂きます」

学院長からの申し出に頷きました。

そうか、二年生からは選択科目があるのですね。

「後は……子爵は実務をお持ちですから、もしお仕事で学院を休まれる場合は、事前にご連絡を頂けますかな。マリウス君もある程度フォローすると思いますが、選択科目もマリウス君とは別になることもあるはずです。お休みの際の授業での進み具合について、都度お知らせ致します」

「ご配慮有難うございます」

通いの学院生は居ないでしょうから、これは当主実務をしながら通う、私に対するご配慮でしょう。頭を下げお礼を申し上げました。

これで大方の用事は済んだでしょうか。

「あと、これは私事でございますが」

学院長が、突然そう切り出しました。

「貴女の御母堂様が通われた時は、私もまだ若手の教師でした。あの時はご令嬢の教育内容も今のように実務を学べるものではなく、特例でそういう授業を教室の外から聞けるよう手配するなど、色々大変でございました」

学院長が、私の母の時代の話を始めました。

あの当時、学院長も若手教師でいらしたのですね。

「当時の教育環境は、御母堂様にとっては大変だったかと思います。ましてそれ以外に……」

「いえ」

ちょっと、話が逸れていきそうになりました。

学院長の話そうとしている内容を察したので、手を挙げて遮ります。

今と違って、当時の学院ではご令嬢向けには淑女教育しか用意がありませんでした。ご令息と同じように、領地経営や国政などを学べるようになったのは、母の在籍時からもう少し時を経た後のことです。

学院入学時、母にも婿入り予定の婚約者が居ましたが……諸事情により、学院在学中にその方とは縁が切れてしまいました。

子爵家の血を継ぐのが母しか居なかったため、急遽《きゅうきょ》、領地経営を学ぶ必要に駆られたのですが……淑女教育しか用意のない学院で、母は大変な苦労をされたそうです。

その時、母を助けてくれたのが、今の学院長を始めとした当時の若手教師達。

話がそこで終われば、まだ良かったのです。


ですが、学院長が続けて話そうとしていたのは恐らく、その状況を招いた原因のこと。

学院長がその話をしようとする理由は何となくわかるのですが、その話を、今この場でするのは非常に不味いです。

この話は、拡散すると大変なことになってしまうことが想像できます。マリウス様や、ロッティ、秘書の方など、周りに人が居る時にする話ではありません。


「……今の学院の教育内容は、ご令嬢達もご令息と同じように、領地経営や国政、法務など様々なことを学べるようになっていると理解しています」

気分を落ち着けながら、学院長がそれまで話した内容と違和感がないように……特にマリウス様に気付かれないよう、言葉を選びながら話します。

「実務を習得する必要のあるご令嬢の方々に門戸を開かれましたのは、当時の反省もあったのでしょう。学院長をはじめ、皆様の努力のおかげだと思っております」

今この場で、あの話を蒸し返さないで下さい。

そう強く思いながら、学院長を真っ直ぐに見て話します。

「母も既に鬼籍に入っております。私は、今の学院の教育環境を作られた皆様に感謝して、これから学院に通わせて頂きます。宜しくお願い致します」

そう言い切り、学院長に頭を下げます。

「……了解致しました。子爵様やご令嬢達の教育環境をより良くしていくよう努めることで、子爵様のご期待に添いたいと思います」

違和感のない形で、学院長が話を締めくくりました……焦りましたが、良かった。

学院長は恐らく、当時のことを私に謝罪したかったのでしょう。

ですがそれは、学院長の責ではありませんし――少なくとも、今この場は、相応しくない。

それは、わかって頂けたようです。

「有難うございます、学院長。あと、私が通い始めたら、他の学院生と同じように名前で呼んで下さいませ」

子爵家当主ですが、学院に通う間は一学院生として扱って下さい、と伝えます。

「わかりました。そうさせて頂きます。教師の皆にも、申し合せておきます」

学院長は最後に、私に頭を下げながらそう言いました。

帰りの馬車の中、制服の件でマリウス様に謝られました。

「制服風の仕立服の話が、あんな風に本人を見極める話になっていたとはね」

「未然に防げましたので大丈夫です。まだ学院生なのですから、学べばよいのですよ」

そうマリウス様に答えておきました。

「あと、学院長が最後に話したことなんだけど……」

マリウス様はそう、何か言い難そうに切り出します。

「その、イルミのお母様が学院生の時……何かあったの？」

マリウス様は、何かを感じられたのか、核心を突いてきます。

「母から聞いたことなのですが……」

そう言って、私はマリウス様に説明しました。

母の時代はまだ、ご令嬢がご令息と同じように、領地経営や国政などを学べる時代ではなく、ご令嬢には淑女教育しか用意がなかったこと。

子爵家の後継だった母が、諸事情で当時の婿入り予定の婚約者とは縁が続かなかったこと。

急遽、領地経営を学ぶ必要が出ましたが、ご令嬢が学べる環境にはまだなかったこと。

そんな、差し障りの少ない部分を選んで、マリウス様に話します。

「ですから、ご令息達が学ぶ教室の外に机と椅子を持ってきて、お母様が教室の外でその内容を学習できるよう、当時の若手教師達がご配慮下さったと、母から聞きました。その若手教師達の中に、今の学院長が居られたのです」

「うわあ……それは、本当に大変だったんだ。そうすると、元々のご令嬢達のカリキュラムを受けられないから、成績もいい点にならないのでは……」

マリウス様には……誤魔化せたようです。

「ご令嬢の成績としては過去最低レベルだったと、淑女教育の教師達から言われたそうです。それでもお母様は、本当に必要なことが学べたことを、配慮して頂いた若手教師の方々にとても感謝していました」

今のように、ご令嬢もご令息と同じように、領地経営や国政などを学べるようになったのは……母のことが切っ掛けではなく、もう少し後の話だと聞きます。

ですが、当時の母のことで教師達の反省があったからこそ、今の流れになったのでしょう。


学院からの帰りの馬車の中で、アレクシア様の入省祝いを私達からお送りすることを提案し、マリウス様もそれはいいと快諾しました。

そこで私達は、学院の後で侯爵家契約の装飾品店を訪れました。

「リッペンクロック子爵様、マリウス様。ご婚約おめでとうございます」

店に入ると、店員達が私達の婚約を祝福してくれました。店にも私達の婚約のことは知れ渡っていたようです。

「本日は、お二人のご婚約に際して、お互いへの記念品などをお求めなのでしょうか」

店員がそのように私達に尋ねました。

マリウス様は何か贈り物をしたいと思っていたようですが、私の方は正直言うと、まだそこまでは考えていませんでした。

「記念品……マリ……マリューがどのような物がいいかはまだわかりませんし、そちらは後日とさせて頂きたいのですが、マリューはそれでも宜しいですか？」

うう……まだやっぱり、愛称呼びは恥ずかしい。特に、人前では。

「僕の方は、それで構わないよ」

マリウス様に尋ねると、彼は頷きました。

私は再び店員に話します。

「実は、マリウス様の姉君アレクシア様が、商務省に入省されます。私もお世話になった方ですし、二人でそのお祝いをお贈りしたいと思いまして」

「僕達は学院生だし、その身の丈に合ったものを選びたいと思う。何か、良さそうなものはあるでしょうか」

マリウス様も、私達の年齢と身の丈にあった物を選びたいと言います。

「おお、アレクシア様ですか。ご婚約は残念なことになりましたが、お父君の商務省に入省され、大人の仲間入りをされたことは喜ばしく思います。では、幾つか当店の方でお勧めできるものをお持ちしましょう」

そう言って、店員は幾つかの品物を用意してくれました。

ああでもない、こうでもないと二人で話し合って選んだのは、薄いブルーの小振りの石をトップに置いたネックレス。

仕事の妨げにならないシンプルなデザインで、トップの石は、商務省の女性省員が巻くスカーフの色。

「メッセージカードは、二人それぞれ、直筆で書かないか」

そうマリウス様に提案され、アレクシア様へのメッセージに悩みます。

マリウス様は、ある程度書くことを決められていたのか、さっと書かれます。

「僕の方で包装を絞っておくから、イルミはゆっくり悩んでいて」

そう言って、マリウス様は席を立って店員の方と話し込みます。

しばらく悩んで、私はメッセージを書き上げました。

『入省おめでとうございます。大人の世界へ飛び込んでいくアレクシア様を応援しております。イルムヒルト』

言葉を捏ね回しても上手い言葉が思いつかず、メッセージは結局シンプルなものとなりました。

それから、マリウス様の選んでくれた包装を確認した後、アレクシア様の入省日に合わせて侯爵邸に届けて頂くようお願いしました。

翌々日、お祝いの品を購入した装飾品店から、マリウス様からの贈り物が届きました。

タイミング的に、一緒に店を訪れたあの日にご注文されたと思いますが、いつの間にお選びになったのでしょうか。

開けてみると、シンプルなシルバーリング。濃茶色と群青色の小さな石が隣り合って埋められています。この色は、私とマリウス様の髪色を表しているのでしょう。
添えられたメッセージカードを見ます。

イルミへ

制服の件は本当に有難う。
まだ頼りないかもしれないけど、隣に立てるよう頑張るよ。
僕のことを気に留めてくれたら嬉しい。

マリューより

マリウス様の心遣いに嬉しくなります。
指輪を薬指に嵌め、しばしの間うっとりと眺めていました。

第三章　今度は私が尋問を受けました

贈り物に少し浮かれたその翌日、再び王太子殿下から召喚状が届きました。

封を開けて確認すると、王城での卒業パーティーで拘束された隣領のリーベル伯爵による、子爵領の乗っ取りを画策した事件の捜査について、再度聞き取りをしたいとのことです。

召喚状に記載された今回の出席者は前回と同じ。つまり王太子殿下、宰相閣下、貴族省長官、商務省長官、軍務省長官、そして第三騎士団長です。

そして急なことに、日付が明日になっています。


翌日、前回同様に馬車で王宮に向かいます。

王宮の馬車止めを降り、そこから侍従に案内されます。

そこまでは前回と一緒なのですが……通る道に覚えがなく、王太子殿下の執務室への案内とは違う気がします。前回は、もう少し通路が広かったような……。

案内されるうち、通路が更に狭くなっていきます。いつの間にか、体を傾けないと人がすれ違えないような細さの、人気のない通路を通るようになりました。

誰も反対側からやって来ないため、実際にそうしてすれ違うことはありませんでしたが。


案内されたのは、前回と全く違う、恐らく王宮内の奥まった場所にある扉の前。

複雑に入り組んだ通路の奥で、一人で帰ることができそうにありません。

扉に嵌められたプレートを見ると……文書保管室、とあります。

前回の執務室での聴取と異なり、部屋の前に近衛騎士が立っていません。


ノックもせず、侍従が扉を開けました。中に通されると、その部屋の中には文書棚が並んでいます。

侍従は私を、棚の並ぶ奥へ案内します。行き着いた先、部屋の一番奥には、文書棚の脇に扉があり、その扉を侍従がノックします。

扉の上側についている覗き窓がスッと開き、中に居る誰かが私達の姿を確認します。

中から扉が開けられますが、案内した侍従は私だけが中に入るように促します。

中に入ると、そこに居たのは……第三騎士団長殿!?

その場に他の侍従が居なかったことに驚きました。団長殿が自ら扉を開けるとは……。

私が部屋に入ると、団長殿はすぐに扉を閉めて中から鍵を掛け、奥へ案内します。

部屋の中央には円卓があり、扉以外の四方の壁は全て文書棚になっています。

窓はありませんが、その代わり天井と円卓の上にはあちこちにランプや燭台が置かれており、支障のない明るさになっています。

円卓には既に、王太子殿下、宰相閣下、軍務省長官、商務省長官、貴族省長官が着席しています。他には侍従含め誰も居ません。

……この中で一番職位の低いのが団長殿だったから、彼が扉を自ら開けたのでしょうか。

ここは……秘匿性の高い内容を話すための、秘密の会議室というわけですね。しかも最初から人払い済みであると。壁の文書棚は防音効果も狙った物なのでしょう。

「子爵、ようこそ。掛けてくれ」

王太子殿下に席を勧められ、円卓の王太子殿下の向かいに着席します。

第三騎士団長は私から少し離れた隣の空席に座ります。

王太子殿下が、本日のことを説明します。

「子爵にこの場所に来てもらったのは、前回より秘匿性の高い情報を扱う可能性が高かったためだ。何もなければ改めて子爵を呼ぶつもりはなかったが、先日気になることが出てきたため、ここの長官達に諮《はか》った上で、子爵を再び召喚して聞き取りすることに決定した。お手数を掛けるが協力願いたい」

「本日の主旨は了解しました。私にわかる範囲でお答え致します」

その意を示すため、殿下に一礼します。

こういう部屋を用意している時点で、かなり踏み込んだ話まで訊かれるでしょう。

予防線は張っておいて損はありません。

それにこの部屋の四方の壁に、これ見よがしに並んでいる文書棚が気になります。これは恐らく……。やはり、自分の発言に気を付けた方が良さそうです。

「我々が本日子爵に伺いたいことを聞く前に、前回の聞き取りで要調査事項であったことについて共有しよう」

王太子殿下はそう言って、貴族省長官の方を向きます。

「まずは、リッペンクロック子爵家先代当主ヘルミーナ殿と、リーベルル伯爵末弟エーベルトとの婚姻に関する不服申し立てについてだ。この申し立ての受理記録はあるが、私のところに来る前に不受理扱いになっていた」

申し訳なさそうに、貴族省長官は続けます。

「当時は穀物の病害が広がった影響で貴族間の勢力図が変わりつつあり、それに伴って、貴族家の間の契約についても婚姻の解消や再締結の申請が相次ぎ、貴族省内部も混乱していたようだ。そのため、高位貴族の案件以外は、私のところに回らずに処理されていた」

貴族省長官はふう、と一息ついて、更に続けます。

「だからと言って、『解消したければ支度金を返せばいい』などと言う不受理理由はあり得ない。却下する前に、普通は調停が入るはずなのだ。だから、何かの圧力が担当者に掛けられた可能性は、低くないと思われるが……当時の担当者は退職していて、その後、既に病死している。残念だがこれ以上の調査は難しい」

やはり、却下されるよう圧力が掛けられ……担当者が消されたのかもしれません。

次に、宰相閣下が発言します。

「子爵家から農務省に出されていた、支援申請とその審議だが……穀倉地帯にも病害が広がっていて、穀倉地帯とその隣接領への支援が最優先、その後は爵位順に申請が許可されていた。穀倉地帯から離れた子爵家や男爵家からの支援申請は、予算不足で一律に却下されていた」

一律って……それは何とも、強引過ぎませんか？

「当時の農務省長官が主導したその強引な処理に、当然ながら批判が集まった。その長官は責任を取って辞任をすることになったが……、支援申請を受理された高位貴族達の猛反対により、再審議はされなかった」

……もしかして、その辞任した農務省長官は……。

眉を顰めたのを気付かれたのか、宰相閣下が続けます。

「辞任した長官は想像通り、君の隣領の領主、エッゲリンク伯だ」

やっぱりか！　あの疫病神、碌《ろく》なことをしない……！

心の中で悪態を吐きながら、円卓の下で膝の上に置いた拳に、ぐっと力が入ります。

「次に、リーベル伯から課された通行料の件だ」

王太子殿下が、商務省長官に話を振ります。

「十三年前、リーベル伯から出された通行料の申請だが、リーベル伯からは、詳細な被害報告と共に申請が出されていた。それによると……リッペンクロック子爵領に野盗団が現れ、一部は行商人の振りをして通過しリーベル伯爵領へも出没した、とある」
「……な、何ですって⁉」

「子爵領は困窮しており野盗を討伐する余裕がないことから、リーベル伯へ行商人に紛れて入ってこられないように通行料を課すれば、野盗団は盗《と》る物がなく自然消滅するだろうと判断した、というのがリーベル伯からの申請理由だ」

「それは、些か強引な理由付けだと思いますが」

私の意見に、商務省長官は頷きます。

「今ならそう思うのだが……その申請の一カ月後、子爵領から見てリーベル伯爵領の反対側、エッゲリンク伯爵領からも同様の申請が出されたため、信憑性が高いと判断されたようだ。これらの申請は、ほぼ同じ日付で、受理通知が出された」

本当に、あの疫病神、腹立たしい……！

「申請内容は子爵の祖父の日記と大きく差異があることから、恐らく虚偽申請だったのだろう。それに、エッゲリンク伯が同様の申請を出した理由もまだ不明だ。単に、リーベル伯の申請内容を見て、自領の危険を回避したかっただけかもしれないが。別途、こちらでエッゲリンク伯への聞き取りを行わせてもらう。その方向で、子爵は構わないか」

先日、ヨーゼフ殿とメラニー様の面談に割り込んできたエッゲリンク伯と話した際に、こちらから通行料の話をしない、とは言いましたが……これは商務省長官の側から提案してきましたから、先日の約束を破ったことにはなりません。この際ですから、調査して頂きましょうか。

「そうして頂けると、有難いです」

そう言って商務省長官に一礼します。

「最後に、リーベル伯爵領に現れた野盗団の討伐申請時に出された、傭兵団についてだが……軍務省長官」

王太子殿下は、軍務省長官に促します。

「当時リーベル伯に雇われた傭兵団だが、当時の伯爵の報告書によると、名前を『ガイエル』とあった。だがその傭兵団を調べてみると、団長の負傷による引退により、五年前に解散したとある。この団長は既に死去している上、団員は既に離散している」

うろ覚えでしたが、確か、そんな名前だったような気がします。

ですが、現在の状況がその様子では、当時のことを調べるのは難しそうですね。

「リーベル伯に雇われた当時、本当にゲオルグなる男が居たのか、確かめることができなかった。少なくとも解散時の名簿には、ゲオルグの名はなかった」

結局のところ、ゲオルグが傭兵団に名を連ねていたのかはわからないということですか。

「前回の持ち越し事項は、以上だったな。五分だけ休憩を入れる。第三騎士団長。部屋の隅の水差しとグラスを、各自に配ってくれ」

王太子殿下の指示で、水差しとグラスが配られます。

各自で水を飲んで小休憩を取りました。

「そろそろ続きを始めよう」

しばらくしてから、王太子が再開を宣言しました。

「ここからは、更に子爵に伺いたいことを質問していく。まずは、前回の子爵の聞き取りで明らかになった、ゲオルグという男のことだ」

ゲオルグの話を先に持ってくるということは、本当に私に聞きたい本題は違う話。

それは、恐らくエーベルトとの会話についてなのでしょう。

ひとまずここは、王太子殿下に頷いておきます。

「先日子爵が領地に帰っている間に、領主館で捜査状況を王都第二大隊の中隊長と確認した件だ。その際、領主館の当主執務室に侵入し内部を物色していた三人の賊と接触。その賊の一人がゲオルグと呼ばれていた男だった。間違いないか？」

「ええ、その通りです。その男が、私が前回話したゲオルグで間違いありません」

それは、見間違えようのない事実です。

「うむ。その後ゲオルグと兵士に扮《ふん》した二人の賊は、中隊長や副長、子爵の護衛を蹴散らし窓から逃走した。中隊長の指示で副長が兵を率い、逃走した賊を追撃したが見失ってしまった。これは、中隊長からの報告書を読み、細部は中隊長を直接召喚して確認した」

王太子殿下が述べます。

……やはり、あの後は取り逃がしましたか。

初めから騎乗で逃げていましたから、時間差から追走は難しかったでしょう。

「中隊長からの報告で気になったのは、ゲオルグが子爵に掛けた言葉だ。『よう、嬢ちゃん。八年ぶりか？　大きくなったな』だったか」

そこまで、詳細な報告書が上がったのですか。

「子爵の前回の証言では、事件の時に子爵を人質に取り、御母堂を脅迫しようとしていた、とのことだったが、それにしては子爵への声掛けがやけに気安い。この事件の時、あるいはその前……例えば傭兵《ようへい》団の交渉の時に、子爵がゲオルグと気安く話していたことはないか？」

王太子殿下のこの質問は……来るだろうな、と想定していました。

「ええ、傭兵団の交渉の時です。その時、ゲオルグは交渉の際、傭兵団の団長の補佐として入っていました」

子爵領内の討伐の交渉の現場に、ゲオルグが居たことを明かします。

「ちょっと待て。当時七歳か八歳だった君が、交渉の場にゲオルグが居たことを知っている」

王太子殿下が、疑問を呈します。

……前回はさらっと流して誤魔化したのですが、今回は無理でしょう。

「母が、交渉直前に体調を崩してしまいました。自分だけだと自信がないからと、祖父が私を交渉の場に同席させたのです。祖父は気弱なところがありまして、傭兵団と渡り合うには少々頼りなく……押し切られそうな気がしました。結局私が、大半の交渉をしたのです」

商務省長官以外の全員が、驚いています。

荒くれの傭兵団を向こうに子供の私が交渉をしたとは、想像の範囲外でしょう。

ただ商務省長官だけは、さもありなんと頷いています。

あの初回の法律相談の印象があるのでしょう。

「交渉が纏まった後、あのような口調で軽く話し掛けられ、少々他愛もない雑談をしたことは、覚えています」

あの交渉時は……同席していたゲオルグのことを、傭兵団の一員だと思っていたのです。

「これを前回話していなかったのは何故かな？」

軍務省長官がそう問います。

「行方不明期間中の私の話を聞いた後でさえ、今のような反応なのです。前回あのタイミングで話しても、到底信じてもらえなかったでしょう。それに……結論に影響のある重要な話だと、思っていませんでした」

前回流した理由を、そう説明しました。

「わからなくはないが、そうすると一つ疑問が出てくる」

しかしここで、商務省長官が疑問を呈します。

「子爵の前回の証言……武装集団の襲撃についての証言だ。証言によれば、ゲオルグは当時子供の子爵を人質に取り、当時の当主である御母堂様を脅迫していた、と言っていた」

顔には出しませんが……内心、冷や汗が出てきます。

やはり商務省長官は、矛盾点に気付きましたか。

「だが、お祖父様を差し置いて交渉の場に臨むくらいだ。子爵はもっと小さい頃から領地経営に深く関わってきたと見ていいだろう。だとすると、ゲオルグの目的が伯爵の領地乗っ取りのためだったのなら、それこそ当時の子爵を連れ去ってしまっても良かったはずだ」

商務省長官が指摘した点に、全員が驚きます。

「しかし前回の証言によると、ゲオルグは当時子供の子爵を盾に、御母堂様を脅迫していたという。では、ゲオルグは御母堂様に何を要求していたのだろうか？」

商務省長官が、私の内心危惧していた点を的確に指摘してきます。

やはり……この方は侮れません。

「……すみません、覚えていません。私はナイフを突き付けられ、恐怖で頭が一杯でした。何かをゲオルグが母に言っていたのはわかるのですが……」

私は俯いて、そう答えました。

「……そうか。それは仕方がないな」

商務省長官がこれ以上の追及を一旦諦め、引いてくれました。

ひとまずこれで、この場は凌《しの》げたでしょうか。

「子爵、ゲオルグについてはまだ疑問がある。領主館の当主執務室に隠されていた、御母堂の日記を奪っていったことだ」

王太子殿下が、次の疑問点を挙げます。

「報告書を見て、直接中隊長本人にも確認したが、子爵はあの隠し場所に、御母堂様の日記を隠していたことを話していたそうだな」

私は頷き、殿下の発言を肯定します。

「ゲオルグがどうやって知ったかはともかく……ゲオルグが奪っていくような、何かが書かれていたと思うのだ。隠して保管されていたことを知っていた子爵は、あの日記の記載内容も知っているのではないか？」

王太子殿下が、核心部分の質問をしてきます。

あの時は気が動転して、母の日記のことを話すなどと、迂闊《うかつ》なことをしました。

そのせいで、この質問を躱す答えが用意できませんでした。

「あの場所に保管したのは、母自身です。静養の前に、母が日記をあの場所に隠すのを私は見ていました。内容については……母の名誉に関わるため、黙秘、させて頂きます」

思わず俯き加減になり、絞り出すように答えます。

「先日預かったお祖父様の日記に、該当するようなことが書かれているか、申し訳ないが一通り確認させてもらった。一見そのようなことは書かれていなかったが、意図的に破り取られた頁が幾つか見られた。……破られた頁に記載されていた内容は、子爵は把握しているか？」

やはり、祖父の日記も一通り確認しましたか。

「破り取ったのは私です。書かれていた内容については……黙秘、させて頂きます。理由は、先ほどと同じと思って下さい」

日記を見つけた経緯を話せば、破り取ったのは私しか居ないことになります。

内容を聞かれれば、黙秘するしかありません。

「ちなみに聞くが、お祖父様の日記は子爵が所持していたな。事件の後、身一つで逃げた子爵は、どこでそれを？」

商務省長官が質問します。

「……私が、斬られた傷を癒し、動けるようになってから、事件のあった場所を探しました。その場所はあまり人が通らない道で、誰にも見つからなかったのか、事件の痕が残ったまま打ち捨てられていて……その場に残されていた物の中から、見つけて持ち帰りました」

おかげで日記は見つかりましたが……。

「聞き難いことを聞くが、その、御母堂様や、祖父母様のご遺体は……」

王太子殿下が訊いてきます。

これを思い出すと思わず……目から、膝の上に置いた拳に、熱い物が落ちます。

「……遺体は一か所に纏められ……現場に、打ち捨てられておりました。私が現場に戻った時は、誰にも見つからないまま、あの事件から既に、三カ月以上経っていました」

段々止まらなくなってきた涙に、スン、スン、としゃくり上げながら、続けます。

「湿気の多い場所でしたので、遺体はもう……どれが母で、どれが祖父で、どれが祖母か……わからなくて。でも野晒しは可哀想で……。残されていた物から、ようやく小さなスコップを、探し出して、それで一生懸命、土を掘って……。うっ、うっ、ううっ……」

「……辛いことを思い出させてしまった。すまない」

王太子殿下が謝罪を口にします。

しばらく、私の嗚咽《おえつ》だけが部屋に響きました……。

「……すみません、お待たせしました」

「いや、こちらこそすまなかった。話題を変えよう。別の件でも、子爵に聞きたいことがある」

十分ほどして、私が落ち着いてから、王太子殿下が続けます。

「エーベルト氏の希望により、先日、第三騎士団本部の特別面会室にて、子爵がエーベルト氏と面会した時の話だ」

やはりエーベルトとの会話の件ですか。

恐らくこちらが今日の本題。

「子爵の御母堂とエーベルト氏の結婚式前後のことについて、子爵と話すまでは供述しないということだったので、子爵に面会をお願いした。しかし、当日の面会では第三騎士団長と書記官に立ち会ってもらったが、記録を見ても会話内容が腑に落ちないのだ。子爵との面会前に、頑なに供述を拒むような内容だと思えない」

それは、そうでしょう。

聞いているだけでは、わからないようにしていましたから。

「それでその後の父、エーベルトの供述は何と？」

一応、王太子殿下に尋ねます。

「それが、子爵との面会で話した内容が全てだ、とな」

殿下の答え……エーベルトの答えがそれであれば、私の答えは一つです。

「であれば、それが全てなのでしょう」

「いいだろうか、子爵」

ここで商務省長官が会話に入ってきます。

「私も報告書を見させてもらった。子爵とエーベルト氏はあのパーティーの日が初対面で、しかもあの日は会話を交わしていない。面会当日が初めての会話だったのは間違いないかな」

「ええ、その通りです」

商務省長官に頷きます。それは、面会時に最初に会話した通りですね。

「仮にこのエーベルト氏の『本題』以降に何らかの暗号が含まれていたとしても、子爵とエーベルト氏の間には接点がなく、事前に打ち合わせしていたとは考えにくい。となると、この面会の会話の中で、暗号を伝える方法を提示したはずだ」

くっ……さり気なく、あの会話に暗号が含まれていた可能性を指摘してきます。

相手に回ると、商務省長官は本当に手強いです。

「この前提で面会での会話の記録を見てみると、不自然な会話が一か所気になった……『そうか。これからできるだけ話そう。いいか』という、エーベルトの発言だ」

商務省長官の、的確に問題点を発見する鋭さは……躱し切れないかもしれません。

「第三騎士団長殿。二点確認したい。面会時のことを思い出してほしい。まず、この『いいか』の後、子爵は無言で頷いていたりしなかったかな」

商務省長官は、第三騎士団長に質問を投げ掛けます。

「ああ、そういえば……子爵は頷いていた」

第三騎士団長は自分の見た内容を答えます。

次の質問次第で、私は言い逃れができなくなりました。

商務省長官は、的確に私の逃げ道を塞いできます。

「次に……これが重要なのだが、先ほどのエーベルトの『そうか。これからできるだけ話そう。いいか』という発言を含めて……これ以降、それまでなかった仕草を、エーベルト氏はしていなかっただろうか」

「そうですね……」

商務省長官の更なる質問に、第三騎士団長は何かを振り返るように、斜め上に視線を挙げながら考えます。

「そういえば……エーベルトは、何かイライラしていたのか。膝の上に乗せていた手の指で、こう、膝をトントンとしていたような……」

その仕草を、見られていましたか。仕方ありません。

ただ、この場で読み解かれるまではいかないでしょうけれど。

「有難う、第三騎士団長殿」

そう言った商務省長官は、私の方に向き直ります。

いよいよ、核心の質問が来るでしょう。

「さて、子爵。この『いいか』の発言に君が頷いたことで、エーベルト氏の暗号を読み取ったと返事し、その後のエーベルト氏のメッセージに隠された暗号の読み方を理解したことを示したのだろう。この場で咄嗟《とっさ》に行ったことと思われるから、それほど難しい暗号ではあるまい」

商務省長官は……そうやって暗号を伝えたことまでは、やはり推測しましたか。

「そこでだ。エーベルト氏は実際には何を君に伝えたのか、聞かせてくれないか」

……現在は、それを話せる前提が整っていません。

今の状況では答えることはできないので、私はこう言うしかありません。

「……黙秘、させて頂きます」

頭を下げて、私は証言を拒否します。

「……そう、か。仕方あるまい」

商務省長官はそう言い、一息ついて続けます。

「あと二つ聞きたいことがある。まず、この本題より前については、その暗号での会話はないと思っていいか」

「先ほどご指摘の部分以前は、会話の内容が全てです」

商務省長官に答えます。

それまでの会話には、そういった欺瞞《ぎまん》はありませんが……逆に、先ほどの核心部分は、暗号を使って裏の会話をしていたと認めさせられました。

「もう一つは別件だ。これも気になっていたのだが、伯爵が子爵領の資金でタウンハウスを手に入れてから、特定の客人を招いていたかどうかを気にしていた印象を、会話内容に感じた」

また……私の答え難い点を、商務省長官が指摘してきそうです。

「それは『アルヴァント』なる銘柄のワインを好む人物のことだが、子爵に、この人物の心当たりがあるのかな？」

やはり、そこを突いてきますか。

「……伯爵が子爵家の資金を持ち出し、一部をその特定の客人に流していた疑いを持っています。ただ、その客人が誰かについては、確たる証拠はありません」

「話をすり替えないで頂きたい。推測でもいい……心当たりはないか、と聞いているのだよ」

商務省長官……やはり、言い逃れは許してくれませんか。

……やはりこれも、話せる前提の整わない今の段階で、私が言えることは……ありません。

ならば、答えは一つです。

「私の推測については——黙秘、させて頂きます」

閑話二　王太子殿下の覚悟
～裏側に潜む影～

前回の聞き取りと異なり、子爵は肝心な証言は全て黙秘を通し、頑として口を割らなかった。

中途半端な結果のままだが、これ以上粘っても無駄だ。

祖父の日記を子爵に返却して、文書管理室での尋問から子爵を帰した。


帰した後で皆に聞いてみた。

「皆、今回の子爵の黙秘についてどう見た」

「子爵は大きな秘密を抱えていますね。それも子爵の母親――先代子爵に絡んだものです。それは間違いないでしょう」

宰相が発言する。

「子爵は狡猾《こうかつ》ですね。子爵が自分で傭兵団と交渉を行ったことを、最初の聞き取りの時には意図的に隠していたのでしょう。ただ、私は七、八歳当時の子爵が既にそのような能力を備えていたことを知っています。私が居たことで、誤魔化し切れないと思ったから話したのでしょう」

商務省長官は、自らの推測を話す。

「子爵の母親への脅迫内容はわからないと言っていたのは、嘘の可能性があるということか？」

私は思わず長官に訊き返す。

「嘘というか……子爵は自分の見た目も利用して誤魔化したのだと思います。彼女はそれくらいのことはやるでしょう。つまりあれも子爵の母親の秘密に関わる部分だと見ています」

商務省長官は子爵のことを、この中で一番よく知っている人間だ。子爵の人物像を加味したその推測は、恐らく正しい気がする。

「あのご遺体の話も？」

軍務省長官が、疑問を呈する。

「あれは嘘を言う意味がないでしょう。……思い出すまいとしていたことを、我々が掘り起こしてしまったのだと思います」

それは、私もそう感じた。あの証言には、嘘や誤魔化しはなさそうだった。

商務省長官の言葉に私も頷く。

「しかし、こう黙秘ばかりされてはな」

「言い逃れができないところまで追い詰められたのだと思いますが」

「そもそも、何故隠さないといけなかったのか、という問題です。恐らくその秘密に関わる人物を、罪に問えるか確信が持てないのでしょう。子爵の母親の結婚式か、それ以前まで遡る話ですから、証拠もないでしょうしね」

貴族省長官、軍務省長官、第三騎士団長がそれぞれ、黙秘に対する考えを発言する。

しかし、罪に問えるか確信がないだけでもない気がする。

むしろ……。

「話せるだけの、前提条件がない……つまり、今まで話題に上っていないことや、人物についての調査が足りないのではないかと思いますが」

商務省長官が、私の内心で上手く言葉にできなかった部分を代弁してくれた。

「そう考えるのがしっくり来る。後は……信頼感だろう。子爵には、私や皆を含めた、今回の調査チームに対して、そこまで信頼が持てていない。それは、子爵の態度を見ていて感じた」

愚弟の件で、私に対する信頼感を損ねた……という問題だけではないだろう。恐らくもっと根深いと感じる。

「いずれにせよ、我々にはまだ情報が足りません。大きくは二つ……子爵の母親に何があったか、そして伯爵の館に泊まっていた特定の客人は誰か」

宰相が纏める。

今日の聞き取りでは、その二点の再調査が必要という結論にしかならない。

「そうだな。やはり、その二点を洗うしかあるまい」

私は宰相に頷いて続けた。

「伯爵の館の客人については、使用人をもう一度尋問しなければならない。今捕らえている上級使用人への尋問は、軍務省長官に任せる。場合によっては薬の使用も許可する」

「了解しました」

軍務省長官が指示を了解する。

「それから、一度解放した下級使用人も、もう一度招集して尋問が必要だ。こちらは第三騎士団長、できるか」

「既に手配しております」

第三騎士団長は、既に面会後に動いていたか。

あと、気になるのはワインだな。

「それから、『アルヴァント』なる銘柄のワインの取引記録だな。対象の客人はそのワインを好んで飲むようだ。ワインの醸造元もしくは販売代理店の線から、どの家の取引量が多いかを把握したい。商務省長官、できるか」

「時間が掛かりそうですが、洗ってみましょう」

この面々に指示できることはこれくらいだろう。

「子爵の母親の過去に何があったか……これは、私の方で伝手を当たってみる」

年代的に、あの方に調査を依頼するしかあるまい。動かせるのは、この場では私だけだ。

「各自、追加調査をお願いする。それでは解散」

そう宣言して、この会を解散させた。

私は着席したまま、全員が退室するのを待った。

全員が退室してしばらく経った後、壁の文書棚の一部が向こう側から押し出され、隠れていた人物が姿を現す。

「子爵には隠れて聞いていることを勘付かれていた気がするな。私は覗いていたのだが、周りの棚にも目線を時折向けていたし、慎重に言葉を選んでもいた」

隠し部屋にて待機頂いていた、大叔父上だ。

今回の聞き取りは、文書棚裏の隠し部屋で大叔父上にも聞いて頂いた。文書棚でカムフラージュしていたのだが、子爵はそれを気付いていていたのか？

「確か、子爵の先代ヘルミーナは、年齢からして、あやつ……いや違うな。ドロテーアの奴と、歳が近かったはずだ。彼女の学院時代に何かあったかもしれん。儂の方で当時を知る人間を当たってみよう」

ドロテーア義母上……第二王妃か。

「そうですね、お手数をお掛けします。今日の中では、商務省長官がまだ一番歳が近かったはずですが、彼にも心当たりがなさそうな印象でした。恐らく、年代が少し違うのでしょう。我々では掘り起こすのは難しいでしょうね」

心当たりがあれば、もう少しそのことを質問しても良さそうなものだったが、子爵の黙秘にあっさり引いていた。

「ただ彼だけは、特定の人物が誰なのか、推測できていそうだ。確信がないから引いたような印象があった。確証のない推測を、本人に聞くわけにもいかんがな」

「そうですね、それで捜査があらぬ方へ向かってもいけません」

根拠のない犯人捜しは、碌なことにならないのはわかっている。

「しかし……あれだけ子爵が黙秘を繰り返すのは、話せる条件が足りないだけでもないでしょう。何か、こう……私達捜査チームが、子爵に信頼されてないような、そんな感じがするのです」

私は大叔父上に、子爵から感じる印象を話す。

「儂は子爵を見ていて、捜査チームを、と言うより……恐らく、王家を信用していないという気がするな」

「……そうでしょうか」

大叔父上の意見の是非がわからないため、曖昧な返答になってしまう。

「子爵は、捜査チームをそこまで信用していないわけではない。前回の持ち越しを報告している最中は、真剣に聞いていたし、報告内容も受け入れているようだった。商務省長官に対しては、明らかに警戒していたがな。彼女が隠したいことを、掘り起こされることを恐れていたのだろう。実際に彼は、子爵をかなり追い詰めていた」

「そういえば……そうですね」

大叔父上のその意見は、納得できる。

「それに子爵の持つもう一つの力、商会は……大規模商会として登録されている。国そのものへの信用がある程度なければ、彼女はそういうことはしないだろう。それでも尚、子爵から不信感のようなものを感じる……あり得るとしたら、王家を信用していないのでは、という消去法だ」

どの程度かはわからないが、国そのものも、捜査チームも、彼女にとってある程度は信用があるように思う。

それらの残された信用を元に、更に挽回《ばんかい》する余地はありそうだ。

「……エドゥアルトの件で、迷惑を掛けてしまいました。信用を落としたのは確かでしょう」

ただ彼女の王家への信用が損なわれた分は、挽回できるだろうか。パーティーの後、彼女が置かれた窮地を把握せずに『誇ってよい』などと言ってしまった分は。

「まあ、そうだな。話は聞いたが、あれはお前が迂闊なことを言ったのも悪い。元凶はエドゥアルトとドロテーアだが。彼らによって、バーデンフェルト侯爵家の王家への信頼も、損なわれている」

「エドゥアルトめ……」

大叔父上の指摘に、愚弟への怒りが募る。あいつの失態が、思わぬところで尾を引く。

「エドゥアルトの件も、処分が遅くなればなるほどに王家に対する信頼が損なわれるのにな。娼館通いまで明らかになっては、婚約継続はどう見ても無理だ。賠償の件を保留にして、さっさと婚約を白紙に戻したのは正解だな」

大叔父上には、あれを言ってなかったか？

「賠償額や愚弟の処分はまだ揉めているのですが……種が蒔かれた可能性まで侯爵から指摘されたのでは、父も婚約白紙に頷かざるを得ませんでしたよ」

「なんだと!?　エドゥアルトの奴！」

大叔父上は怒りを表した。

「可能性である以上、収穫まで、畑は侯爵で預かるそうです」

父に渡せば、結果は目に見えている。侯爵ならそうするだろう。

「どうせ、あやつは渡せと煩いのだろう。渡したら青いまま刈り取られるのが目に見えている。侯爵が保護するのは仕方あるまい」

父は王家を優先するあまり手段を選ばない傾向があるが、優秀な平民達が省庁を通して国政に関わり始めた今の時代、そういう手を下すのは後々不味い。

「……で、何カ月だ」

大叔父上から、核心の質問が零れる。

「そろそろ三カ月だと」

私の答えに、大叔父上が頭を抱える。

「あと七カ月は振り回されるわけか……儂も、守りの手を回しておこう」

「その方がいいかもしれません」

大叔父上に頷いておく。

万一のことがあってもいけない。大叔父上も手を回してくれるなら大丈夫だろう。

「ところで、ゲオルグだったか……儂はな、そいつを《梟《ふくろう》》ではないかと見ておる」

「え!? それって、あの……」

それは、大叔父上の手の者が、過去に痛い目に遭わされた集団……そうだとすると、今回の件、リーベル伯の背後にまだ、糸を引く者が居ることになる。

「これもまだ推測に過ぎん。ただこの一件、もし《梟》が絡んでいるとなれば、単なる伯爵家による他家乗っ取りでは済まない。かなりの大事になりそうだ。場合によってはお前の覚悟も必要になる」

……覚悟、か。

ということは、大叔父上は、《梟》のことを……そう、推測しているのか。

「ともかく、儂は子爵の母親のことを当たってみる。お前はエドゥアルトの件を何とか進めるよう、あやつにも働き掛けてくれ」

「わかりました」

大叔父上が去っていく。


あの小さな女の子にしか見えない子爵の抱える秘密は、どれほどのものなのだろうか。

この一件、最初はリーベル伯爵の処断と、私の王太子としての箔付けで終わると思っていたが、想像以上に大変なことになりそうだ。

腹を括らねばなるまい。大叔父上の言う、覚悟も必要かもしれないな。

第四章　再び領地へ向かいました

王太子殿下の尋問会から宿に帰ると、領政補佐オイゲンから手紙が届いていました。

母と祖父母のお墓について、今から七日後には領都郊外の墓地への移設が完了する見込みである旨です。

そして十日後に、その墓地にて、先代を弔う会を開くことで関係者と調整しているそうです。

捜査部隊からの領主館の引き渡しも、恐らくその辺りになるだろうことが追記されていました。

墓地の移設は、どうしても学院に通う前にやっておきたかったのです。

あの現場で殺され、打ち捨てられた母や祖父母、使用人達の遺体を発見した私は、捜索の同行者の協力により、遺体を全て布で包んで埋葬し、後日お棺を用意し、事件現場にて墓としての体裁を整えました。

本当は、先祖代々の墓がある領都郊外の墓地へと、早く移設したかったのです。

しかし、行方不明中は、伯爵の目に留まると思ってできなかったのです。

あのパーティーの件で、私が隠れていられなくなってからすぐ、この墓地の移設と墓碑の手配をオイゲンにお願いしました。

子爵家の私事にも拘わらず、オイゲンも以前から、移設を私に訴えてきていましたので、彼も快諾してくれました。

八年越しで、やっと先代様や先々代様に、ご先祖様の傍で休んで頂ける。

そう返信に書いた彼は、早速動く旨を伝えてきました。


……母の弔いの場には間に合うよう、また領地に帰る必要があります。

急いで領地に帰る準備をしながら、今回領地に帰る事情と日程を含めて手紙に記載し、侯爵様とマリウス様に届けて頂くよう使いを出しました。

翌日、侯爵様とマリウス様が直接お訪ねになる旨、先触れを受けました。お二人がいらっしゃる時間に宿の面会室を手配します。


先触れにて知らされていた予定時間、私は面会室にてお二人をお出迎えします。

「侯爵様、マリウス様。ようこそいらっしゃいました。本日のご用件は、手紙の件でしょうか?」

そう言って、二人に一礼します。

「まずは、昨日は、色々と答えにくいことを聞いてすまなかった」

侯爵様は、尋問会のことで謝罪しますが、私は首を振ります。

「あれは、侯爵様の職務として必要なことだったと理解しています。ですから、お気になさらずとも大丈夫です」

そう話すと、侯爵様はほっとされたご様子です。

「そうだ。本題に入る前に、子爵に伝えておかないといけないことが一つある」

そう言って、侯爵様は一枚の書面を私に渡します。

そこには、人名が書かれたリストが記載されています。

「これは？」

「あの邸に勤めていた下級使用人達の名簿だ。一度解放された彼らだが、昨日子爵が帰った後、彼らの再招集が決まったので、第三騎士団長から預かっている」

つまり、あのタウンハウスに来ていた、特別な客人の件の調査ですね。

「子爵のところに再度来るとは限らないが……彼らを雇用ないしその申し出で会うことがあれば、知らせてほしい」

「わかりました。子爵家で雇用することはないと思いますが、留意しておきます」

私は侯爵に頷き、了解の意を伝えます。

「それで、今日の用件だが、手紙の件で子爵と直接話した方がいいだろうと思ってね。マリウスにも関係のある話になるから連れて来た」

マリウス様にも関係のある話？　なんでしょう？

「今回の先代の弔いの会に、婚約家として弔問の使者を送らせて頂きたい」

そう話す侯爵様に驚きます。

「急なご連絡でしたのに、そのように手配して頂いて、申し訳ありません」

そう言って頭を下げますが、侯爵は軽く手を挙げ、首を横に振ります。

「いや、婚約家として、その内に弔問に訪れようと思って内々に計画していたのが、早くなっただけの話だ。気にしなくていい。ただ、今はまだ、私もパウリーネも王都を離れられない。今回は子爵の婚約者であるマリウスに、使者に立ってもらおうと思っている」

え、マリウス様が領地にいらっしゃるのですか。

「マリューは、学院の方は大丈夫なのですか？　そろそろ新年度が始まると思いますが」

学業への影響が心配なので、マリウス様に確認しておきましょう。

「家の所用で一、二週間休む学院生は毎年何人も居るよ。休んだからと言って学業に取り返しがつかなくなるわけじゃない。イルミほどの成績じゃないけど、僕だってそれなりに上位成績を維持しているから、それは心配いらない」

どうしても学院を抜けられないわけではないのでしたら、問題なさそうです。

「わかりました。領主館はまだ王都第二大隊からの引き渡しが済んでおりませんので、そちらにご滞在先をご用意することができません。領都に代わりの宿をこちらで手配させて頂きます。ご滞在の日程と人数については、別途ご連絡頂けますか？」

「了解した。既に手配を始めているので、本日中には概略を知らせる」

侯爵様が了承しました。

「あと、昨日同席した面々にも、今回の先代の弔いの件を話そうと思うが、構わないだろうか。皆からは恐らく、使者を立てるなり、弔辞を送ってくれるなりして頂けると思う」

侯爵様は、そう私に尋ねますが……これは、私に探りを入れてきたのでしょうか。

仮にそうだとしても、答えは変わりません。

「王家の方々から弔問の御使者のご下問や弔辞を頂くなど、子爵家如きに畏れ多いことにございますので、ご辞退させて頂きたく思います。王太子殿下には、その旨、お伝え頂けますでしょうか」

王家の弔問や弔辞は辞退する旨を話し、頭を下げます。

侯爵様は何も言わず頷きました。

私が王家の使いや弔辞を断ると思わなかったのか、マリウス様は驚いています。

「あと、領都クロムブルクは大きな町ではありませんので、マリウス様がいらっしゃることを鑑みますと、大勢の方々をお迎えすること、難しくございます。デュッセルベルク侯やバルヒェット侯、ミュンゼル侯、エルバッハ侯におかれましては、その旨、お伝え頂ければと思います」

他の方々は……侯爵家や法衣侯爵家となれば、使者の随行員は多くなるでしょう。町の規模から、バーデンフェルト家以外の侯爵家から御使者を受け入れるのは難しいです。弔辞は受け入れますが。

「そうか、あの方々にはそのようにお伝えしておこう。ひょっとしたら殿下は個人的に弔辞をお送り下さるかもしれない。それだけは子爵に伝えておく」

侯爵様は私の返事に驚く様子はなく、淡々と返事をされます。

侯爵様は……私が昨日の聞き取りの場で黙秘を重ねた理由を、推測されているのでしょうか。

そして侯爵様が殿下のことを伝えてきた、ということは……殿下は、私に母の遺体の件を話させてしまったことを、申し訳なく思っているのかもしれません。

ただ、捜査の件は守秘義務もあります。マリウス様やロッティ達も居るこの場で、今その話をするわけにはいきません。私達の会話に含まれる意図が掴めず戸惑っているマリウス様には、後で侯爵様からフォローをして下さるでしょう。私は、黙って頷くに留めておきます。

「あと、子爵にお願いがあるのだが」

侯爵様が切り出します。

「マリウスを折角子爵の領地に送るのだ。子爵の婚約者として、関係者の面々に顔合わせさせて頂きたい。恐らく主だった面々は弔いの場に集まるだろうが、その場とは別に顔合わせの場を設けて頂けると有難い」

この際に領地で婚約者のお披露目をしてはどうか、ということですか。

弔いの会はそういう場として相応しくないので、別にお披露目会を、ということですね。

「ええ、確かにそうですね。弔問の場とは日を改めて、お披露目会として場を設けるように致します。それを含めてご滞在の日程をご連絡頂ければ有難いです。細かい調整は、向こうでさせて頂ければ」

そう二人に返答します。

「子爵領の方面には初めて行くけど、イルミは案内してくれる?」

マリウス様はそう仰いますが……今回は、難しいですね。

「……残念ですが、私は先に領地へ帰って調整をしないといけません。マリウス様に合わせて領地と行き帰りすることができません」

十日後の弔いの会の開催に加え、たった今降って湧いたお披露目会の話。

その間の、マリウス様ご一行の宿泊手配。

急いで領地に帰って調整する必要があります。

マリウス様には悪いのですが、今回も、馬車でゆっくり子爵領へ移動するわけには行かないのです。

「イルミは主催側として対応することになるから、仕方ないか。姉上からも聞いたけど、本当に騎乗で領地へ移動しているみたいだね」

マリウス様は弁えておられます……と思ったのですが、続く言葉に固まってしまいました。

「僕も騎乗で子爵領まで行ってみたいけど……軽い乗馬程度しか経験がないしね。学院でも男子学生は、選択科目で騎乗とか野営とかを受けられるけど、騎士課程と一緒の内容だし、あれを選択で受けるのは辺境領の人くらいだからね。でも、取った方が良かったのかな……」

……あの、マリウス様。それは無理だと思います。

「多分、ですが……そういう騎士団希望者向けの科目を二年生から取っても、一年生から続けている本気の希望者が優先されて、初心者には配慮して下さらないと思います。むしろ、別に家庭教師を探して、個人教授で教わることを薦められるかと」

騎士団からは、本気で騎士団を目指す希望者への教練の場として学院が期待されていますから、初心者が入ってきても教師の方々は困るでしょう。

「私もそう思う。アレクシアも乗馬を習いたいと言っていて、パウリーネとも相談しているところだ。マリウスも本気で習いたいなら一緒に習うといい」

侯爵様も私の意見を肯定しますが……え、今、何と。

「あ、アレクシア様が、乗馬ですか!?　どうして!?」

思わず目を剥いてしまいます。

いやいや、あの、学院では淑女の鑑とも言われていたアレクシア様が、今から乗馬って!?

「アレクシアが乗馬を習うのは渋々許可した。しかし、乗馬ができるようになったら子爵を見習って、一度騎乗で領地を見て回りたいと言っていたのは、流石に無茶だと皆で止めた」

「それは、当たり前です！」

アレクシア様が乗馬と騎乗を混同されているのもそうですが、騎乗で領地を見て回りたいだなんて、無茶にもほどがあります。

「認識していない様子だが、アレクシアに一番影響を与えているのは子爵だぞ」

「姉上がイルミを呼んだ時に、姉上がイルミを師と仰いだんだよね。だから姉上は完全にイルミを真似したいと思っているみたいだよ」

侯爵様とマリウス様は、私の所為だと仰います。

思い当たる節は……あります。私は頭を抱えました。

「アレクシア様は乗馬と騎乗行軍を混同されているようですし、軽い乗馬ならともかく、騎乗で領地を回るなんて……アレクシア様どころか、マリウス様でも無理ですよ」

これは流石に、止めておかないといけません。

「馬に乗る経験が足りてないってこと？」

騎乗行軍って、単なる馬の乗り方だけではないのですが。

どうやらアレクシア様だけではなく、マリウス様も勘違いをされている気がします。

「ただ馬に乗っていくだけではないのです。大まかに言うと、地理とか、同行者や行く先々の人達との信頼関係、不慮の事態に対する対処、いざという時に生き残るための知恵とか……、そういった必要な知識も、行く先々の人との関係性も、お二人はまだお持ちでないでしょう」

「えっ……」

必要な関連知識とかを軽く説明しただけですのに、マリウス様、絶句しています。

馬車での領地への移動とか、あまりご経験がなかったのでしょうか……。

今度の、子爵領への移動は大丈夫ですか？　心配になってきました。

「それ、今聞いてもいいか？　アレクシアを説き伏せるだけの知識が欲しい」

侯爵様も、あまり思い至ってはいなかったみたいですね……侯爵様は、あまり王都から動ける立場ではありませんでしたし、アレクシア様も先のご婚約以来、領地には行かれなかったでしょう。

そういうことをご存じないのも、無理はありませんか。

アレクシア様やマリウス様の無茶は、止めて差し上げなければ。

侯爵様のお願いに頷いて、説明します。

「ご経験が少ないかもしれませんが……馬車で領地へ移動する時を想像してみて下さい」

そう言うと、二人は考え始めます。

「身の回りの世話、護衛、馬の世話などで人数も食料も多く用意して、同行する方々に無理のない日程を組んで、安全に安全を重ねて移動します。馬車を曳く馬だって生きていて、草を食べ、水を飲むのです。移動には馬を無理させないように、どこで馬に休憩を取らせるかまで計算して、旅程を組みます」

侯爵様は頷きます。これだけで、侯爵様は気付いたようです。

しかしマリウス様は、馬車移動に綿密な計画が必要だということは、まだ何となくわかった程度といった様子です……。

これを騎乗行軍に置き換えた場合どうなるか、ちゃんと説明が必要なようです。

「騎乗での移動も同じです。馬に必要な荷物と自分を乗せて、途中でちゃんと休憩を取らせた上で、一日どのくらい走らせることができるのか。途中、どこで草を食べさせ水を飲ませれば、馬に無理をさせないか。ちゃんと計画しないといけません」

乗馬だと、悪く言うと『ちょっと行って帰って来るだけ』ですし、馬にもそれほど負担になりません。出発地と目的地、その間の道や時間、と、気にする点も少ないのです。

ただ騎乗行軍の場合、長時間の移動になるので、目的地までの間の休憩地のことも計画が必要です。旅程が長くなればなるほど、計画すべき中継地点は多くなり、計画も綿密にする必要があるのです。

「馬に無理をさせないため、荷物は最小限にしないといけません。馬の世話から自分の身の回りまで、大抵のことは一人でできる必要があります。私のような女性の場合はどうしても男性より荷物が多くなりますから、それだけ馬に負担を掛けてしまいます。それらを含めて、どういう旅程なら馬と人に無理をさせないか、考えないといけません」

まだ計画のことしか話していませんが、この計画を立てるにしても、前提条件があります。

そこまで説明が必要でしょうか……。

「なるべく荷物を少なくした上、自分と馬が移動にどのくらいの速さで移動できるか、中継地でどのくらい時間が掛かるかを把握していないと、計画はできないな。それを把握するには、練習……いや、訓練を積み重ねなければいけない」

侯爵様が簡潔に説明してくれました。

やはり侯爵は、正しく認識されているようです。

「そうか……長い距離になるほど、ただ行って帰るだけじゃ済まなくなるわけか」

マリウス様……まずはそこがわかっただけでも、良しとしましょうか。

「ところでイルミ、男性だと不要でも女性だと必要な荷物って、どんな物？」

マリウス様に訊かれますが、男性には想像がつかないかもしれません。

「身支度一つとっても、男性同士の場合は、外で着替えようがお互いの体が見えようが構わないと聞きますが、女性の場合は、その度にテントを張って、中で身支度して、終わったらテントを畳むことになります。身支度の道具でも、女性は男性よりかなり多くなります。こういった一つ一つが積み重なると、女性の騎乗は男性に比べると、馬の負担も掛かる時間も多くなります」

他にも……男性に詳しく話せない、女性特有の問題もありますし。

「なるほどね……そういうことを解決しながら、どこでも騎乗で移動できるイルミって凄いな」

そう言う認識だったのですか。

あ、ひょっとして……同じ勘違いを、アレクシア様もされているのでは？

マリウス様の様子に、侯爵様は顔を顰められます……侯爵様は正しく認識されていそうなのが、私にとっては救いです。

やはり、マリウス様には、最後までちゃんと説明しないといけなさそうです。

「マリューは勘違いされているようですけど……、私が騎乗で移動するのは、子爵領内か、子爵領と王都の間の決まったルートだけですよ？」

「……え？　そうなの？」

案の定、マリウス様には驚かれます。

「マリウス。先ほど子爵が、計画の重要性について口酸っぱく言っていただろう。計画を立てるためには、自分がどれくらい走れて、どれくらい休憩に時間を使えるかを把握するだけでは無理だ。行く先々の地理や、そこに住む人達の人間関係、治安などの安全性なども把握する必要がある。つまり、よく知らない土地には、騎乗で移動することなどできないのだ」

侯爵様は、要点をちゃんと押さえておられます。

「領地内は、小さい頃から母に連れられてあちこち回った頃からの積み重ねがあって、地理も熟知していますし、何より領地の方々との信頼関係があります。小さい領地ですし、私を泊めて頂ける方々も多いので、領地内で野営をする必要もあまりありません。やはり、女性の私には、野営はかなり負担ですから」

マリウス様は、私の説明を黙って聞いています。

「子爵領と王都の間は、商会長権限で、特別に拠点間物流のルートを使わせて頂いています」

普通の手段なら、私は子爵領へ行くのにもっと日数がかかります。

種明かしさせて頂きましょう。

「あの街道は、宿場町の代わりに、補給用に物流部門の中継地が用意されています。宿泊は大きな中継拠点を使わせて頂き、道中に必要な物以外は全部その日の宿泊地に物流部門に送ってもらって、軽い荷物で移動しています。馬も、物流部門の馬と同程度以上に鍛え上げられた子達を使っています」

「それで、二日とか三日で領地まで行けるのだな……」

侯爵様が得心しています。私はそれに頷いて続けます。

「これも、商会の方々との信頼関係があっての方法なので——勿論一般の方には、物流用の街道は開放していません」

私達は、貨物馬車の運行に支障がない時間帯に限定して、ルートを使わせて頂いています。

これを一般の人に開放した途端に、貨物馬車の運行とのトラブルが頻発し、物流が滞るのが目に見えています。

「……それは、他の人には到底真似できないね」

マリウス様は唖然とされています。

「そういった伝手もない知らない場所では、安全な旅程一つ組めません。馬を休ませる場所も知らなければ、道中避けた方がいい危険な場所もわかりません。ましてそんな場所で野営などできません。どれ一つ取っても簡単なことではないのです。安全を最大限確保できる用意があってこその移動なのですよ。それは馬車移動でも騎乗でも同じなのです」

知らない場所を行くのは本当に難しいのです。どうしても行くなら、徹底的に調査して安全が確保できる見込みが立ってからです。

……母や祖父母を亡くしたあの事件でも、静養地までの旅程を熟知していたから馬車で移動していたのです。幾ら準備していても、想定外は付き物です。

野盗集団の被害地から遠く離れたことで油断もあったのでしょう。

ゲオルグという想定外は、まさしく致命的でした……。

ちなみに、私の商会は、拠点間物流を他の地域に広げるよう、様々なところから要望や圧力を受けています。ですが私は、当分の間、物流を他地域に広げるつもりはありません。

最大の理由は、他の地域について商会に知識と経験がないからです。

今は知らない場所を、熟知する人材が多く育つまでは、手を広げることはできません。

「……子爵、有難う。マリウスもよくわかったと思う」

侯爵様は私に頭を下げて下さいました。

「乗馬を習うにしても、偶に子爵と遠乗りを楽しむくらいにしておけ」

「簡単なことじゃなかったですね。姉上も交えて話をしないと」

これでも尚、アレクシア様とマリウス様に乗馬を習わせるかどうかは、侯爵家で話し合ってもらいましょう。

「ともかく、マリウス様が子爵領にお出でになる際は、旅程の計画を立て、道中の安全を確保して下さる皆様に感謝しませんとね」

マリウス様が、旅程の計画をなさるわけではなさそうですから……。

「……そうだね。馬車の移動一つ、とても大変なのはよくわかったよ」

マリウス様のために、これだけは言っておかないと。

「そうやって、自分のために働いて下さる皆様がいかに大変な仕事をしているかを知り、感謝することで、私は信頼関係を作ってきたのです。使用人の皆様、領地の皆様、商会の皆様、皆同じです。これは一朝一夕にできることではないのですよ」

侯爵様も頷いておられます。

領地経営だろうと国政だろうと、人の上に立つ仕事で信頼関係が必要なのは同じはずです。

「こういった心構えは学院では学べない。子爵がマリウスのために話してくれたのだ、よく覚えておけ」

「わかっています、父上。イルミ、有難う」

マリウス様が頭を下げてきます。

「私もマリューに贈り物をしたいのですが、まだこれといった物が見繕えていません。これは、先日頂いたこの贈り物のお礼だと思って頂ければ」

頂いた指輪を嵌めている指をマリウス様に見せます。

「早速着けてくれているのは見ていた。喜んでもらえたようで嬉しいよ。イルミが忙しいのは知っているから、また王都に戻って来た時に、一緒に買いに行こう」

「ええ、そうね」

侯爵が、二人の世界に入りそうな私達の会話を止めるため、手を挙げます。

「子爵。私達はそろそろ戻らないといけないが、最後に一つ伝えるべきことがある」

ちゃんとした話みたいなので、居住まいを正して侯爵の方に向きます。

「アレクシアの婚約は白紙となった。近く正式に発表される」

まあ！　アレクシア様の望みが叶いましたか！

思わず、笑みが浮かびます。

「賠償や、第二王子殿下の処分内容などはまだ揉めているが、婚約白紙については子爵の協力があってこそ勝ち取れたと思っている。特に、最後の情報は決定打だったようだ。子爵には大変世話になった。感謝している」

侯爵様が深く頭を下げてきます。

「あ、あの。頭をお上げ下さい、侯爵様。私自身、侯爵様から相談を受ける前から、第二王子殿下の行状はある程度把握していました。あの自分勝手で、周りに掛けている多数の迷惑を顧みないところには、思うところがあったのです。まるで……」

まるで……『アレ』のようで。

「まるで？」

侯爵様が、思わず零れた私の言葉尻を捕らえます。

危なく、その後まで思わず零しそうになっていました。

「あ、いえ、何でもありません。ですから私自身、あの婚約が解消されてほしいと思っていたのです。協力のご依頼には喜んで応えさせて頂きました」

こほん、と一息ついて、侯爵様に一礼しました。

「アレクシア様でしたら、もっと素敵な男性を見つけられると思います。この度は、アレクシア様が婚約白紙となったこと、お慶び申し上げます」

アレクシア様が――あんな『アレ』の劣化版のような、私利私欲に染まった屑《くず》ではなく――、良き方を見つけられますよう、そう願って。

私はにこやかに、侯爵様へ礼を返します。

「有難う。子爵の言葉、アレクシアにも伝えておこう。娘も喜ぶだろう」

侯爵様も、私の言祝《ことほ》ぎに笑顔でお礼を述べられます。

「では私達はそろそろ行く。領地ではマリウスのこと、宜しく頼むよ」

「ええ、勿論です。本日はお越し下さり、有難うございました」

そう言って、お二人を送り出しました。

さて、これから帰る準備をしませんと。

向こうでマリウス様をお披露目して、皆でおもてなしをしなくては。

◇　◇　◇

再度領地に帰る準備を整えて、侯爵様達がお見えになってから翌々日。

王都郊外の物流拠点に預けていた馬に乗り、領地へと騎乗で向かいます。

拠点間物流で使用する道は、それまで使われていた主要な街道とは異なるルートです。間道のような細い道や、寂れた街道として残っていた道などで、少し整備すれば専用馬車が通れるような道を繋げて作りました。

主要な街道は人も多く、専用馬車を猛スピードで走らせるのは危険です。それに、そういった街道は有力貴族の統治する領地を多く通るため、私のような子爵家が交渉を持ち掛けてもいい条件が得られません。

一方、寂れた街道や間道を整備するルート上は、それほど力のない貴族家の統治する領であることが多く、拠点間物流専用の街道を作る交渉がしやすかったのです。

この街道ができ、今ある主要街道ではないルートでの王都への物流が出来上がると、そこを通る領地にも大きなメリットがあります。

その領地の産物を一大消費地である王都で売るためには、今までは一度主要街道に合流せねばならず、運送費も掛かっていました。そういう領と主要街道の合流地は大抵が宿場町になっており、そこで更にお金を落としていくことになります。

この拠点間物流ができてから、今まで苦境にあったこれらのルート上の領は、一転潤うことになりました。

私達の商会による運搬で、これらの領地から直接王都へ産物を持ち込むことができます。自ら運ぶ手間もかからず、費用も今までより抑えられます。

更に、王都への持ち込み日数や費用に利点があれば、逆に今まで主要街道を治めていた貴族家の領地から物流拠点に荷物が持ち込まれ、領地にお金が落とされていきます。

この利点をできるだけ生かすため、貨物運搬用に特別に鍛えた馬達と、専用設計の馬車を使って、猛スピードで街道を走っていくのです。

早く王都に届けられる利点が増せば、それだけ多く荷物が拠点に持ち込まれます。物流拠点と街道を抱える領地は、私達の商会と共存共栄の関係にあるのです。

流石に王都の周りは、防衛の観点から有力貴族家が囲んでいて、私達が共存共栄できそうな貴族家が居ませんでした。そこは軍の補給輸送部門と交渉し、かつての軍用輸送路を使わせて頂くことになりました。

拠点間物流は速度を重視するため、各地に点在する町や村を避けてルートが通っています。そこを走る貨物馬車のスピードはかなり速く、知らない人が入り込むと危険なため、今では他の馬車や通行人は通りません。

沿線の領地から人を王都に送るためには、今までは主要街道を使うしかなかったのです。しかし時折、旅人が急ぐあまり私達の街道に入り込むことがありました。

そこで、危険だと納得させるため、私達は事あるごとに、貨物馬車の走るスピードをデモンストレーションして見せました。

また沿線領地は、私達の支援も受けながら、私達の街道の近くを通って王都へ続く独自の街道を共同で整備しました。

これにより、旅人が急ぐあまり私達の街道に入り込むことがなくなり、問題が解決しました。

しかし、今度は『急いでいるので貨物馬車に一緒に乗せていけ』と騒ぎ立てる、貴族の方々が度々現れました。そういう方々には想像を超える乗り心地の悪さを体験頂くようにすると、その内にそういった方々も現れなくなりました。


私達は商会長権限で、この拠点間物流用の街道を使って馬で領地へ帰っています。

貨物馬車用に作られた休憩所に停まって、馬達に草と水を与えていると、通常の街道の方向から何やら声が聞こえました。ここの休憩所からは、通常の街道は若干離れていますが、遠目には見える程度の距離です。

よく見てみると、恐らく貴族家の馬車が何者かの襲撃を受けているようで、馬車の周りを取り囲む二十人ほどの人影が見えます。馬車側にも護衛は居ますが、人数的に足りないようです。

私が今連れている人数は、オリヴァー、ハンベルト、商会で雇った護衛十人です。オリヴァーは荒事には向いていないので、オリヴァーに護衛二人と休憩所に残るように伝え、私とハンベルト、護衛八人で様子を見に行くことにしました。

馬車に近づいていくと、馬車を取り囲む人達は革鎧を着ており、ぱっと見て野盗には見えません。

馬車からは老貴族と数人の護衛が出てきていて、取り囲んでいる者達と何かを言い争っているようです。

「街道の真中で何をしている！」

騎乗し近づきつつ、ハンベルトに呼び掛けさせると、取り囲む者達と貴族側が一斉にこちらを向きます。

あの貴族は、もしかして……疫病が……こほん、エッゲリンク伯爵？

取り囲む者達から、リーダーと思しき人物がこちらに声を掛けてきます。

「我らは重要な任務中だ、誰かは知らぬが邪魔はしないでもらおうか」

そう言って彼は革鎧の胸の部分に刻まれた紋章を見せてきます。

あれは、王都第二大隊の部隊章？

王都第二大隊といえば、まだリーベル伯爵領や私達の子爵領で、捜査に当たっているはず。

まだ王都からそれほど離れていないこの地に、どうして王都第二大隊が？

リーダーと思われる人物は、私達を無視して、エッゲリンク伯に話します。

「伯爵。例の人物の引き渡しをしてもらおう」

「王都で雇った執事見習いを、令状もなく渡せとはどういうことだと聞いている！」

エッゲリンク伯が、その人物に詰問しています。

「機密事項のため答えられない」

しかし、取り囲む者達のリーダーと思しき人物は、機密を盾にエッゲリンク伯の詰問に取り合いません。どうやら、エッゲリンク伯が雇ったらしい執事見習いを、彼らは引き渡せと要求しているようです。

……執事見習い？　王都で雇った？

なにか、引っかかりますね。

「エッゲリンク伯爵とお見掛けします。先日以来です」

私から、エッゲリンク伯に声を掛けます。

「……貴様か」

エッゲリンク伯は私を認識し、忌々《いまいま》しそうな顔をします。

「ここで口論になっている執事見習いの方というのは、ひょっとして……私共の王都の邸宅で勤めていた方ですか？」

「……そういえば、そんな経歴らしいな」

多分あの時の……タウンハウスで会った執事見習いでしょう。

しかし、この王都第二大隊を名乗る連中は怪しいですね。

王都第二大隊から領主館を引き渡しされたという連絡は、出発前にはなかったです。

リーベル伯爵領までかなり距離があるこの場所に、王都第二大隊の部隊が居る理由がわかりません。

彼らは近くに馬を止めているようですが、かと言ってこの場で馬を降りたという距離ではありません。ということは伯爵を待ち受けていた？

それに、伯爵が使っていたタウンハウスに招かれていた客人の可能性を、尋問会で話したのはつい四日前。

四日間で、王都側から王都第二大隊へ連絡が入り……王都に近いこの場所にまで来ている、というのは、日数的に不自然です。

それに、理由も明らかにせずに引き渡しを求める彼らの態度は、任意同行というより……強制的に拘束しようとしている風に見えます。それも、不自然です。

護衛達に合図して全員馬を降り、彼らを後ろに従え、馬車を取り囲む者達の方へ近づきます。

「その紋章は王都第二大隊所属とお見受けする。代表者は所属と職名と共に名乗られよ。私はリッペンクロック子爵当主イルムヒルトである」

私が名乗ると、取り囲む者達全員に一瞬だけ緊張が走りました。

……ひょっとしてこの者達、私の名前を知っている？

「王都第二大隊、第六中隊長。ロタール・ブランツだ」

第六中隊長と言えば領主館で直接会ったのですが、目の前に居る人物は彼とは似ても似つきません。彼らは偽者で間違いないでしょう。

では、彼らは……まさか、ゲオルグの仲間⁉

だとすれば、彼らの目的は……件の使用人を確保し、殺害すること！

「伯爵、下がって下さい！　本物のロタール・ブランツ氏とは似てもつかぬ偽者共、捕らえて目的を吐かせてやる。総員、陣形を取れ！　彼らを捕らえるぞ！」

私は宣言し、私とハンベルトを護衛全員で囲み、全員一丸となって取り囲む者達に向かいます。

伯爵は護衛に守られ馬車に下がります。

リーダーの男は忌々しげに顔を歪め、指三本立てた片手を挙げて周りに合図します。

彼らは一斉に懐から何かを取り出し、地面に叩きつけます。叩きつけられたところから勢い良く煙が上がって視界が遮られました。

「人数は向こうが多い！　無理に追うな、煙から下がる！」

護衛達に指示し、煙から下がらせます。

警戒していると、煙の向こうに彼らが馬に乗って去っていくのが見えました。私達を迂回し、王都方面へ逃げていくようです。


しばらく待って、彼らが充分に遠くへ逃げ、見えなくなったのを見て、陣形を解きます。

私は伯爵の馬車の方へ歩いていき、話し掛けました。

「伯爵、無事でしたか」

「ふん。まあ私は無事だ」

伯爵側の護衛にも、怪我人は居ないようです。

「帰る途中にまたこんな目に遭っては敵わん。執事長、放り出せ」

伯爵は、連れていた年配の使用人に何かを指示します。

「……ご主人様の命です。申し訳ないが、貴方はここまでです」

その年配の使用人は、馬車の中から、まだ年若い執事見習いを引っ張り出し、荷物を渡します。

執事見習いは、やはりタウンハウスで見た彼です。

「こんな街道の途中で使用人を放り出す気ですか！」

考えられない彼への仕打ちに、思わず伯爵に抗議の声を挙げます。

「道中の安全を確保するためだ。使用人を守るために伯爵の私が危険に晒されるのは本末転倒だろう。どうしてもというなら子爵が預かるがいい。じゃあな」

そうしてエッゲリンク伯達は馬車に乗り込み、見習いの彼をこの場に置き去りにして、そのまま走り去っていきます。置いて行かれた執事見習いは呆然としています。

全く、何ということを……！

しかし、困りました。これは結構大変な想定外です。

ゲオルグの仲間と思われる正体不明の者達に狙われ、こんな街道のど真ん中で放置されたこの執事見習いを、見捨てるわけにはいきません。

しかし……私達は人数分の馬で、騎乗で移動する最中です。

彼を連れて行くための余分な馬も、まして馬車などの用意もありません。

宿泊の準備は、拠点間物流で宿泊予定地まで送ってしまっていますから、野営をすることもできません。さて、どうしたものか……。

護衛の一人にオリヴァー達を呼びに行ってもらい、その間に執事見習いの彼に話し掛けます。

「今の状況は残念ですが、貴方をこの場に置き去りにすることは、私の矜持が許しません。ひとまず貴方のことは、私が預かります」

「コンラートと申します。子爵様に再びお会いできて光栄です」

そう言って、彼はこの街道の真ん中で、使用人としての主人への礼をします。

タウンハウスでは、すぐに邸から解放するつもりだったので、彼のことをあまり見ていませんでしたが……彼は薄茶色の髪に黒い目をした男性で、見たところ二十歳台後半くらいの年齢だと思います。背はマリウス様より高く、侯爵様よりは低いくらい。どちらかと言うと細身の体格です。

「まさか雇われた直後に、街道の途中で解雇されるとは思いもよらず。今の状況では、子爵様にお縋《すが》りするしかありません。ご迷惑をお掛けし、申し訳ありません」

コンラートが頭を下げてきます。流石に礼儀作法はしっかりしていますね。

「貴方の所為ではありませんから、お気になさらずとも結構です。ところでコンラートさんは、馬には乗れますか？」

「使用人の身分の私です、コンラートと呼び捨てて頂いて構いません。馬は、子供の時分に相乗りさせて頂いたことはありますが、自分では……」

執事見習いの彼が、それほど乗馬経験があることは期待していませんでした。しかし、今日はどの道、馬に乗ってもらわないといけません。

彼をこの場で放り出すのは論外です。

コンラートを連れて王都に帰ると、今度は領地での弔いの会に間に合いません。

かと言って、彼に護衛を付けて別行動すると、ゲオルグの仲間にどちらが狙われても対処できない可能性があります。

彼の安全を考えると……多少予定が遅れることを覚悟で、何とか一緒に子爵領まで連れて行くしかありません。


そこに、呼びにやっていたオリヴァー達が合流してきます。彼らに状況を説明し、コンラートを含め全員で善後策について話し合います。

まず、今日の旅程を組み直します。

野営の道具は送ってしまっていますし、用意があったところで、コンラートを連れての野営は恐らく無理です。

安全を考えて、今日はできれば……本日の宿泊予定地より手前の、物流拠点での宿泊がいいでしょう。それでも、一頭は彼を後ろに乗せて騎乗する強行軍で、彼と馬に相当負担を掛けてしまうことでしょう。

となると、明日からは普通の馬車を手配して、一般の街道を移動する方が良さそうです。

旅程を組み直したら、物流拠点に連絡するための手紙をその場で書きます。組み直した予定と、到着が遅れる旨の領都の行政所への連絡、予定より手前の宿泊地の手配、明日以降の手配などを頼んだ内容を書きます。

そして、領都方面行きの次の馬車が休憩所に到着するまで待っている間、馬達の荷物の積み替えを行います。

一行の中で私が一番軽いですが、色々な意味で私とコンラートを同じ馬に同乗させるわけにはいきません。私以外で一番軽いオリヴァーにコンラートを同乗させ、オリヴァーの馬に載せていた荷物は全部、皆の馬に分散させます。コンラートの荷物も同様です。

領都行き方面の貨物馬車に休憩所で手紙を託し、馬車を先に送り出してから、私達も出発します。コンラートの同乗した馬の負担を考え、普段の速度の半分程度で進んでいきます。この日は結局、当初予定していた宿泊予定地の二つ手前の拠点に、日暮れ直前に到着するのが精一杯でした。

着いた頃には、コンラートは疲労困憊になっていました。着いて早々に部屋を用意して、彼には先に休んでもらいます。残りの私達は明日以降の旅程を組みます。

明日からは馬車移動です。拠点間物流の街道を使うのは危険ですし、彼らの迷惑になります。通常の街道で進む旅程を皆で考えます。そうだ、今日負担の大きかったオリヴァーの馬も入れ替えましょう。

次の宿泊も物流部門の拠点を使います。やはり守衛が多く駐在していますから、普通の町や村で宿泊するよりも安全が確保できます。


そうして安全を重ねて子爵領を目指して、コンラートを拾ってから三日。

日が天頂に届く前、そろそろ子爵領に入るかという頃に、前方から一台の馬車と騎乗した数名がこちらに向かってくるのが見えます。一行の足を止めて警戒していると、馬車が近くで止まり人が降りてきます。

馬車の窓から、降りてきた人物を見ると……あれ？　ハイマン？

「よう、商会長。出迎えに来たぜ」

この声は、ハイマンで間違いないようです。

馬車から出て、彼らを出迎えます。

「来てくれて有難う。でも、貴方が直接来て大丈夫なの？」

「領都まで来てみたら、商会長の到着が遅れてんだ。ただ待っててたってしょうがねえや」

ハイマンが護衛を連れて馬車で迎えに来てくれたのです。

その後はハイマンの乗ってきた馬車に私が移乗し、コンラートを再び王都まで送るまでの間の警護計画を含めた、諸々の打ち合わせをハイマンとしつつ、二台の馬車で領都へ向かいました。

クロムブルクに着いたのはその日の夕方、日も陰ってきた頃になりました。

今回は大きな想定外のために、二日到着が遅れました。

弔いの会と、マリウス様のお披露目の準備を早く進めなければいけません。

時刻も時刻ですが、ひとまず行政所に行きましょう。

偽者のブランツ中隊長の件は、既に物流部門を通じて行政所に連絡していました。

行政所で連絡を受けてから、領主館で捜査中の本物のブランツ中隊長に事情を伝えてくれたそうです。これで王都にも連絡が行くでしょう。

ただ、コンラートの件は……今回の偽者は偶々見破ることができましたが、次はそうはいかないでしょう。下手に王都へ連絡を入れてしまうと、偽者が引き取りに来てもわからない可能性があります。

だから今はまだ、彼のことは、王都の第三騎士団長や侯爵への連絡はしていません。

彼がどこまで特定の客のことを知っているかわかりませんが、彼の安全のためにも、王都の第三騎士団まで私が直接送り届ける必要がありそうです。

それまでの間、子爵領で彼をしっかり守らないといけません。

行方不明中に使っていた領都郊外の私の隠れ家は、いざという時逃げ隠れすることを重視した作りです。コンラートを守るという目的には適しません。領主館もまだ使えません。

やはり、領都郊外の拠点間物流拠点を、今回の滞在地にする方がいいでしょう。

ここは商会の守衛の人員も多いですし、宿泊するならここが領都近辺では一番安全かと思います。

遅れた分、今回の滞在も、ゆっくりできなさそうですね。

明日からの仕事の忙しさに頭を抱えました。

第五章　マリウス様を領地の皆にお披露目しました

拠点間物流の拠点は、夜間は門を閉めて守衛を立てるため、宿泊という観点では安全です。営業中の拠点は、貨物を預けたり受け取ったりと、逆に人の出入りが多くなるため、警護という観点では非常に不向きです。

ですので、オリヴァー、ハンベルト、コンラートと護衛達で、営業開始前に拠点を出発して領都に向かいます。

クロムブルクの物流拠点は、商会が構築した拠点間物流の終着地で、実際の領都からは遠目に見えるくらいの場所に築いています。物流拠点は荷馬車や商会の貨物馬車の出入りが多いため、領都で暮らす人達の安全を考えてこうしています。

領都までの移動時間はそれほどでもないのですが、コンラートには馬車に乗ってもらった上、遠目からわからないよう、移動中は外套《がいとう》を着てフードを被ってもらいます。

そうして領都に入ると、私達は直接行政所へ向かいました。まだ朝早く、行政所は一般には開かれていない時間帯なので、私達は裏口から建物に入れてもらい、そのまま私の執務室に行きます。

執務室に入り、コンラートに部屋の応接卓の席を勧め、私も向かいに座ります。

「慣れない移動だったと思いますが、お疲れ様でした」

まずはそう言って、コンラートを労います。

「子爵様。助けて頂いたこと、有難うございました。ここまでの移動の際にもかなりの部分、私にご配慮頂いたと感謝しています」

コンラートが頭を下げてきます。

「あのような場所で、瑕疵なく放り出された方を見捨てるなどできません。それに私の方にも、貴方を助けるべき他の理由ができましたので」

私は頷いてコンラートの感謝を受け入れます。

「他の理由、ですか？」

コンラートは頭を上げ、私に質問してきます。

「リーベル伯爵投獄の件……その捜査にて、貴方を含め、あの時王都の邸宅で会った下級使用人の方々に、再度の招集が出されています。追加での聞き取りがあるのでしょう。恐らくこの間の連中は、これを阻まんと、貴方の身柄を要求したのだと思います」

コンラートに、再招集の件を告げます。

「それは……雇用されていれば、その主人に是非の確認が行ったと思いますが、ご存じの通り私は解雇されてしまいました。義務だと言われれば、王都にまた戻ります」

そう彼は話しますが……はいそうですかと送り出せば、彼の身が危ないのです。

「先日のあの兵士達……彼らが名乗り上げた部隊名と隊長名は、あの日あの時には、あの場所には居るはずがない者達でした。つまり、あれは偽者です。護送と称して、貴方を連れ去る心算だったのでしょう」

「つまり……あの連中に連行されていれば、私の命はなかったと？」

私の説明にコンラートは驚いた表情で確認します。

私は頷いて、肯定の意を示します。

「あの偽者連中は、私にとっても、深い因縁のある相手である可能性が高いのです。それに、その招集理由も、その因縁に関わる部分なのです。それが貴方を助けた他の理由です」

コンラートは考え込み、ふと気が付いたように発言します。

「二つ質問させて下さい。まず、私や他の下級使用人に招集が出された理由についてです。伯爵家による子爵家乗っ取りの件については、私達は何も知らされず、取り調べでもそのように答えています。この再招集が何についてなのか、子爵様はご存じでしょうか」

コンラートの疑問に、私は頷いて答えます。

「追加の尋問については、伯爵が度々あの邸宅に招いていたと思われる、ある特定の客人についての件だと思います」

特定の客人と聞いて、コンラートに一瞬緊張感が走ったのを感じました。あからさまに反応が出ていたわけではないので、執事見習いとして内心を隠すのは上手そうですが、無意識の反応まで隠すのは彼にはまだ難しいようです。

今は、私はそれに気付かなかった振りをします。

「わかりました。二つ目は、今後の私の扱いについてです。私の身柄をどうされるおつもりでしょうか。王都に使いを出して、第三騎士団や王都第二大隊に護送を依頼されますか？」

コンラートのその質問には、首を横に振ります。

「それは難しいと思います。理由はおわかりになりますでしょう？」

コンラートが、自分でどれほど危機感を感じているか確認させて頂きます。

「……迎えに来るのが本物とは限らないのですね。子爵が私を引き渡したら、私が行方不明になるとお考えですか。だから子爵は途中で私を王都に帰さずに、こちらに連れて来たのでしょうか」

私は頷きます。

コンラートは危機感も感じ取れますし、状況を類推できる程度は頭も回るようです。

護衛対象にその認識があるとないとでは、護衛の難易度が違います。わざわざ説明する必要がなくなったことに内心安堵しました。

「ええ、その通りです。私が感じている危機感を、貴方もお持ちのようで安心しました。私が再び王都に行く際に、一緒に貴方を連れて行きます。第三騎士団に貴方を引き渡しても安全かどうかは、王都に行ってから見極めます」

私の言葉に、コンラートは頭を下げます。

「有難うございます。しかし、雇用関係にもない私に、どうしてそこまで安全に気を使って頂けるのですか？」

彼は、当然その理由を聞いてきますよね。

しかし、ここは……どこまで話していいでしょうか。

周りには、気心の知れたオリヴァーやロッティ、ハンベルト達も居ますが……彼らにもまだ、話せないことはあります。コンラートの質問は、そこに触れるものです。

しかし何も理由を話さなければ、彼は納得しないでしょう。かと言って、人払いをしてしまうと……これからコンラートに提案したいことについて、周りの者達の間に軋轢《あつれき》が生じかねません。

コンラートには、オリヴァーやロッティ達にも話せる範囲でしか話せません……やはり、核心には触れないように、慎重に言葉を選ばないといけませんか。

少し考えてから、理由を話します。

「あの邸宅に度々招かれていた可能性のある、特定の客人のことです。それが私の想像通りの人物だとしたら、子爵家にとっても、深い因縁のある相手なのです。あの偽者兵士達も繋がりがあると見ています。彼らのことが有耶無耶になってしまえば……子爵家に安寧はありません」

これなら、ギリギリ話せる範囲です。

周りのオリヴァーやロッティ達も、私の言葉に驚いている様子が感じられますが……その客人が誰とも、どういう因縁とも話していないので、まだ、大丈夫です。

「貴方がその人物のことを、どれだけ知っているかはわかりません。彼らのことを明るみに出すまでの情報を、お持ちでないかもしれません。それでも、彼らの犠牲者を増やしたくない……それが、私が貴方を助け、守る理由です」

私の後ろで、オリヴァーとロッティ、ハンベルトが、息を飲んでいるのがわかります。

彼ら三人はあの事件後、私が動けるようになってから……私と一緒に、三カ月後の現場の様子を目の当たりにしました。それにオリヴァーとハンベルトは、先日、領主館での私の発言――ゲオルグが母を殺害したこと――を聞いています。

彼らは、私の意図を理解したでしょう。

一方、コンラートは少し困惑したようですが……三人が息を飲むのを見て、私が嘘を言っているのではないことを理解したのか、真摯な表情になりました。

それでもまだ、私のことをまだ警戒しているようです。そのくらい警戒心が強い方が、今はいいのです。だからそれは放置したまま、私は話を続けます。

「私は、貴方にその人物の話を聞くつもりはありません。迂闊に話させて、貴方の身の危険を増やす必要はありませんから」

コンラートは、私の言葉に驚きます。

「私から、聞き出さないのですか？」

しかし私は首を振ります。

「どうして、聞く必要があるのでしょう。答え合わせをしたところで、私の言う人物が因縁の相手であることに変わりはありません。しかし貴方の場合、口に出せば出すほど、その分、貴方の危険が増えていきます」

コンラートは、少し考えて頷きます。

こういう話は、幾ら口止めしても、口にした回数が多いほど漏れやすいのです。その分、漏らした者の身が危なくなります。

「ですから貴方はご自分の身を守るため……然るべき時、然るべき場所、然るべき相手が来るまで、何も証言する必要はありません」

「……理解しました。有難うございます」

コンラートは、深く私に礼をします。

私は話を続けます。

「その然るべき時までは、貴方に護衛を付けます。少なくとも、私が何日か子爵領に留まり、王都へ行って、然るべき方に貴方を預けるまでは続きます」

「……その間、大人しくしていてくれ、ということですか」

コンラートは、自分が軟禁されると思っているのでしょう。

生憎、子爵領にそんな人的余裕はありませんし、彼のためにもなりません。

「そうされたいのでしたら、そのように考えます。ただ当家は田舎の子爵家ですし、護衛の人数にも限りがあります。私にも護衛は必要ですし、私と貴方に別々に護衛を付けるのは非効率です」

コンラートもそこは同意できるのか、頷きます。

ちゃんと自分の置かれている状況を理解していますし、やはり見込みはありそうです。

であれば、彼にはこの提案ができます。

「私はこの子爵領に居る何日かの間、幾つか仕事や行事をしなければなりません。自分のことまで手が回らない可能性が高いです。貴方さえ良ければ、子爵領に居る間だけでも、私の傍で貴方の職能を活かして頂けないでしょうか。期間は一旦、貴方が王都に戻るまでとして……報酬も含めた短期雇用契約を結んでもいいです」

伯爵家に街道の真中で放り出されたのは、彼の瑕疵ではないのですが……次に雇用される際には、余程主人の眼鏡に適わなかったのだと見做されます。

これは彼の経歴上、大きなマイナスです。

しかし彼との会話の中で、私の中の評価は、執事見習いとしての及第点は充分上回っています。

なので、彼の経歴を守るためにも短期雇用を提案します。

契約終了後に推薦状を付けてあげれば、次に繋がるでしょう。

「……私などにそこまでご配慮頂けることに感謝します。是非そのようにお願い致します」

意図を理解したコンラートは、胸に手を当て、今度は使用人として主人を敬する礼をします。

礼を解いて、彼は続けます。

「具体的な契約内容は、オリヴァー殿から提示頂けるのでしょうか」

そう言って、彼は私の後ろに控えるオリヴァーを見ます。

ああ、そうか。貴族家と使用人の契約だから……前の家では、契約内容は一方的に押し付けられたのでしょう。

ですが、この子爵家の流儀は違います。

「早速やる気になって頂けて嬉しいです。契約内容はお互いの条件をこの場で詰めてしまいましょう。オリヴァー、短期雇用契約書の雛形を持ってきてもらえる？」

「畏まりました。しばらくお待ち下さい」

私の依頼に、オリヴァーは執務室を出て行きました。

「え？　ちょ、ちょっと待って下さい。お互いの条件、ですか？」

コンラートが目を見開いて、驚き戸惑っている様子です。

オリヴァーが戻って来る前に説明しておきましょう。

「エッゲリンク伯爵家との契約は、上級使用人から一方的に契約書を渡されて、サインするだけでした？　ひょっとして、その前も？」

コンラートは私の両方の質問に、こくん、と頷きます。

「そうでしたか。ですが前の契約とは違って、当家は子爵家です。貴方も次に繋がらない内容では受け入れられないでしょう。貴方を護衛するにあたって、こちらからお願いしたい部分もあります。短期契約であれば猶更、お互いに納得のできる内容かどうか、確認し合うのは大事ではありませんか」

「……わかりました」

コンラートは私の説明に驚きつつも、自分の要望を話せることに安堵したのか、ゆっくりと頷きました。

その後、オリヴァーの持ってきた雛形を叩き台として、コンラートと細かい契約内容を詰めました。

契約期間は、状況から流動的になってしまいますが、契約書には期限の明記が必要なため、一旦は一カ月後としました。ただし、期限内に王都に戻れた場合、その三日後以降は使用人側から契約解除を申し出ることができる、という条項を加えました。

細かい条項の詰めにおいて彼が交渉の中で求めて来た条件は、彼の状況を考えると真っ当なものでした。

彼に支払う報酬以外に、私は彼の護衛を手配指揮すること。彼は自分の職能を私に提供すること。労力の相互提供を盛り込んだ、お互いが満足する形で短期契約を結びました。

彼はまだ経験の浅い執事見習いですが、頭も回りそうですし、危機に対する警戒心が強く、ある程度の交渉術も身に付けています。強かさの裏に野心がないかは見極めが必要ですが。

それに……あのタウンハウスでの初対面から一貫して、私を見た目や年齢で侮らず、きちんと当主として接して頂いているのは、私にとっては好印象です。

適切に鍛え上げれば、有能な執事へと成長する素地は充分ありそうです。

彼のためにも、契約の間はちゃんと面倒を見ていきましょう。

マリウス様とそのご一行は、弔いの会の前日の午後に領都に到着されました。

私は各所との調整のため、直接お出迎えできませんでしたので、宿への案内と、弔いの会についての連絡はオリヴァーにお願いしました。

侯爵家から事前に連絡を頂いた日程で、領都でも一番高級な宿の高位貴族向けフロアを押さえています。宿には支払いを全て子爵家に回して頂くようお願いしているので、マリウス様ご一行の手を煩わせることもありません。

案内を終えて戻ってきたオリヴァーによると、一行はマリウス様の他、彼付きの執事や使用人、護衛などで人数は予定通り十五人でした。

その人数なら、押さえたフロアの広さからすれば、ご滞在に支障はないだろう、と安心しました。

◇　◇　◇

翌日、私は喪服に身を包み、領都の郊外にある墓地に向かいました。

本日、この墓地で……母や祖父母の弔いの会を行います。

母と祖父母が亡くなって、もう八年近く経ちます。しかし、リーベル伯爵から私が身を隠していたため……母や祖父母が亡くなったことはとうに発表済みですが、遺体はあの現場に埋めたまま、正式な葬儀ができませんでした。

伯爵が捕らえられ、私がようやく表に出られるようになったので、遺体をこちらの墓地に移すことが、ようやく叶いました。

本日は、教会から神父も呼んだ、子爵家としての正式な弔いの場となっています。亡くなって八年近く経っているため、葬儀とは言わず『弔いの会』としました。

あの現場は湿度の高い森の中だったせいか、母と祖父母の遺体は……私が見つけた時には、他の使用人達の遺体と見分けが付かなくなるほど、損傷が進んでいました。
移送するに当たり、一緒に殺害された使用人達のご家族とも話し合いの場を、前回領地に来た際に持ちました。
「生前、先代様にお仕えすることを誇りにしておりました。引き続き、先代様のお傍に置いて頂けるなら、喜んでお仕えすると思います」
ご家族の方々は、皆、そのように言い、子爵家代々の墓地に一緒に埋葬することを喜んで頂きました。
そうして、子爵家代々の当主家族の墓が並ぶ横に、母と祖父母、一緒に亡くなった使用人達の御棺を移設し一纏めの墓を建てました。表側に母や祖父母の墓碑銘を、裏側には一緒に埋葬される使用人達の名も刻んで頂きました。
私は祖父母の治世を知らないので、祖父母の墓碑銘はオイゲンと一緒に考えました。
母の墓碑には、私の希望でこのように刻んで頂きました。
『苦難の時にあって、領地を愛し慈しみ
何よりまず、この地に住む民の発展と安寧を願い
民と共に領の発展の礎を築いた偉大なる母よ
今は安らかに眠り、安寧なる地を見守り給え』
弔いの会の喪主は私と、一緒に亡くなった使用人のご家族。

参列するのは、行政所からはオイゲンはじめ主だった役職の方々。商会からは副商会長ハイマンと、物流部門や工場の重鎮の方々。領都や近隣の町・村からも大勢の領民の方々にお越し頂きました。勿論バーデンフェルト侯爵家からの弔問の使者として、マリウス様一行も参列されています。

弔辞を寄せて下さったのは、主だったところでは、あの尋問会の皆様……王太子殿下、宰相デュッセルベルク侯爵、軍務省長官バルヒェット法衣侯爵、貴族省長官ミュンゼル法衣侯爵、第三騎士団長エルバッハ法衣侯爵の他に、フェオドラのお父君シュバルツァー伯爵、それからエッゲリンク伯爵からも来ています。

会が始まり、神父様が祈りの言葉を述べ、儀式が始まります。

その後、私が母や祖父母、一緒に亡くなった使用人達を偲《しの》ぶ弔辞を述べ、マリウス様がバーデンフェルト侯爵家からの使者として弔問の口上と哀悼の意を述べられます。

その後、マリウス様はじめ列席者の主だった方々が献花台に花を捧げた後、神父様の最後のお祈りの言葉で弔いの会を締めくくります。

一旦弔いの会が締めくくられた後は、式場の後方で会に参加していた一般の参列者の方々が、続々と献花台へ花を捧げ、先代の冥福に祈りを捧げます。

私はそれを見守りつつ、お帰りになる方々に感謝の意を述べお見送りしていますと、マリウス様が私の方に近づいてきました。

今日は婚約者としてではなく、使者を迎えた喪主として応対します。

「マリウス様、本日は子爵家先代の弔いの会にお出で頂き、有難うございました」

そうお礼を述べ、頭を下げます。

「ご先代様及び先々代様ご夫婦の、不慮のご逝去を、バーデンフェルト侯爵家を代表してお悔み申し上げます」

マリウス様も、正式な使者としての返礼をします。

頭を上げたマリウス様は、表情が柔らかくなります。

「イルミとゆっくり話したいけど、今日のイルミには、お母様や祖父母様とゆっくり語らう時間が必要だと思う。顔合わせについては、また宿の方に連絡を貰えるかな」

マリウス様はそう言って、私を気遣って頂けます。

「今日は……そうさせて頂きます。ご連絡は別途使いを出させて頂きます」

今の私には……そうお答えするだけで、精一杯でした。

そうして、私が頭を下げている内に、マリウス様とご一行もお帰りになりました。


二時間もすると、一般参列者の皆様もお帰りになり、すっかりこの墓地も静かになりました。

会を手伝って頂いた行政所の方々と片付けを済ませた後、彼らにも帰って頂きました。

後は私とオリヴァー、ハンベルト、コンラートと護衛達のみです。

皆には離れて護衛をしてもらい、母の墓所で一人、心の中で母と向き合います。

幼い頃から母達と領地を巡って、領民達の抱えていた問題を直接現場で解決に当たっていたので、よく覚えているのはその時の姿です。

母はよく私に言っていました。

『領地貴族である私達は、領地で暮らす皆の生活を守り、豊かにする責任があるのです。皆の命を預かっているのです。その責任の重さを自覚し、日々領民の安寧を願い、皆の生活をより良くするべく務めるのが私達の仕事です』

幼い頃から何度も言い聞かされたこの言葉は、私の胸に刻まれています。

母は……そう言った高潔さを、最後まで失いませんでした。

私が思い浮かべる母の凛とした美しい姿は、あの高潔さが根差した物だったのでしょう。

それが、『アレ』のせいで……。

いえ、今日は、『アレ』のことを考えるのは止めましょう。

今日ばかりは、母の高潔さを汚したくありません。

ふと気付くと、オリヴァーがこちらにやって来ます。

「当主様、旅装の老紳士の方が先ほどこちらに来まして、先代様に献花させて頂きたいとのことです。如何致しましょうか」

もう弔いの会は終わりましたが……正式に参加を申し出た方ではなく、偶々通りかかった方ということでしょうか？

オリヴァーが老紳士と言うくらいですから、立ち居振る舞いが平民とは思えないのでしょう。

「ちなみに、その方はお一人で？」

「献花を申し出られたのは、花束を持参されたその老紳士お一人です。別に同行者の方が十人ほど、墓地の外でお待ちです」

オリヴァーはそう答えます。

どなたかわかりませんが、それだけ多くの供回りを引き連れるのであれば、恐らく高位であろう貴族の方です。

「そのような方を無下にお断りするわけには参りません。こちらへ案内をお願いします」

オリヴァーに指示を出し、老紳士をこちらへ通してもらいます。

やってきた方は恐らく六十歳を過ぎた、白髪に碧眼の男性です。それだけお年を召した方ですが、姿勢も良く、立ち居振る舞いも洗練されており、やはりどこかの高位貴族の出だろうと思います。

両手には、花弁に斑点のある白い野花……ネモフィラを一杯にした花束を抱えています。

ネモフィラを献花として用意するのは、少々……珍しいと思います。

その老紳士は、私の前までやって来ました。

「旅の途中ゆえ、このような姿で申し訳ない。当領地の先代様の弔いに旅装で参列するわけにもいかず、このような時間に遅れて参らせて頂いた。先代様をお悔みし、ご献花させて頂きたい」

そう彼は言い、花束を抱えたまま深く礼をします。

「旅の途中にも拘わらず、わざわざ当家先代に花を手向けたいとお出でになった方を、お断りする理由はございません。私はリッペンクロック家当代、イルムヒルトと申します。本日はお越し下さいまして有難うございます」

私からも、この高位貴族の方と思しき老紳士に、深く礼をします。

「いずれかの高位の家の方とお見受け致します。私は初めてお会いすると思いますが、先代のお知り合いでしょうか」

受け答えも佇まいも、やはりどう見ても高位の方のようです。

「丁寧なご挨拶、感謝致す。儂は一線を退いた身、当代様に名前を憶えて頂くほどの者ではござらん。先代様とも面識はござらんが、ここから西方にて炭焼き小屋を営むご老人と、偶々知己を得ましてな。かのご老人から、旅のついでに花を手向けてほしいと頼まれたのです」

母とも面識がなかったと言いますが……どう見ても高位の家のご老人が、平民の方に頼まれた？

「炭焼き小屋のご老人、ですか？」

西の方の、炭焼き小屋？

私が思い当たる場所だとすれば、あそこは確か……壮年のご夫婦が営んでいたはず。

ご老人には心当たりがありませんが、そのご夫婦のご関係の方でしょうか。

「ここからだと、馬で半日くらいの場所でしょうか。森の畔で昔から炭焼きを営んでいて、既にご高齢で、今は息子が後を継いでおるそうです。偶々あの近くで馬を休ませた際に、小屋の表に居たご老人の話し相手になりました」

ということは、あのご主人さんのお父様に当たる方でしょう。お会いしたことはありませんが、偶にあの小屋を手伝うことがあると、ご主人さんから聞きました。

老紳士は続けます。

「小屋の近くの草原では、ちょうど今頃の季節、毎年小さな白い花が一面に咲き誇るそうです。そのご老人曰く、昔、小さい頃の先代様が、先々代様ご夫婦に連れられて毎年その光景を見にやって来ていたそうでな。先代様は、草原の白い花でよく花冠を作られていたそうだ」

母の小さい頃に、好きだった花。

こういった母の小さい頃の思い出話などは……母からは、聞いたことはありませんでした。

母の小さい頃は――憂いのない、平穏な時代だったのでしょう。

「先代様がご成人された頃以降……領内の景気も悪く、先代様も当代様も、領地を巡っては行く先々で問題に対処されていたと聞く。先代様もなかなか、小さい頃の当代様をその草原へお連れする余裕もなかったのだろう……そう、ご老人から伺った」

老紳士の方は、そのように話します。

小さい頃を思い出しても、行く先々で、課題解決に当たる母や祖父母を、手伝うばかりで。

母や祖父母といつも一緒だったので、寂しいと思ったことはありませんが……老紳士の言う母の小さい頃のように、無邪気に遊ぶ余裕などは……ほとんどなかった、と思います。

「以前の苦しかった時代を乗り越え、この領地も豊かになり、先代様の弔いがやっと行えるようになった……そう、ご老人も安堵されていた。そこで初めて、ご老人からこの弔いの会のことを聞いた」

私が代を継いでから……事業を立ち上げ、領を豊かにすべく、駆け抜けてきました。そして、リーベル伯も捕まり——ようやく、領地の皆が安堵できるようになりました。

それを、老紳士の伝える、炭焼き小屋のご老人の言葉を通して……今やっと、実感することができました。

「ご老人は、既に年を取り過ぎて、墓参に行けないと言う。『先代様が小さい頃好きだった、野原の花を献花してもらえないだろうか』と、儂に託されたのだ。それで儂が草原に赴いて花を摘み、こちらへ参った次第だ」

それが、この老紳士が抱える花束——ネモフィラの花。

初めて聞く、小さい頃の母が好きだった花。

「私は小さい頃から、先代と共に領地を巡って忙しくしていました。先代は……領地の問題解決で頭が一杯だったのでしょう。そういった小さい頃の思い出話を、先代からは、聞いたことがありませんでした」

私は、目の前の老紳士に答えます。

母や祖父母達と領地を巡った日々のことは……私自身、嫌な気持ちにはなりません。

ただ、そういう小さい頃の話を、母から聞くこともできなかった……そんなことになった原因については、色々と思うことがあります。

「先代は先日まで、様々な事情から、亡くなった地で埋葬されていて……先祖代々が眠るこの地に帰って来ることができたのが、最近のことです。本日の弔いの会は、先代がこの地に帰って来られたことを皆に知らせ、先代を偲ぶためのものでした」

そう言うと、老紳士は頷きます。

「これでやっと、先代に平穏が戻ってきました。その花を見れば、小さい頃の思い出を、先代も、思い出すでしょう……。先代も……喜ぶと、思います……」

この老紳士の話を聞き、自分で話しながら……ようやく、実感できました。

やっと、母に平穏が来たのです。

やっと……やっと、母は――『アレ』から、解放されたのです。

葬儀の最中も泣けなかったのが、母に対する万感の思いに……自然と、涙が零れます。

「この花のことは……先代様の思い出話の一つとして心に留めて頂ければ、あのご老人も喜ぶだろう。ただ儂が長々と居ては、先代様との語らいの時間のお邪魔になる。先代様のご冥福をお祈り申し上げ、早々に去らせてもらおう」

そう言って老紳士は、私に深く礼をします。

私は……母への思いに、言葉が出ず……そのまま、老紳士に深く礼を返します。


老紳士は献花台に、あのネモフィラの花束を捧げ、祈りを捧げます。

その後、戻って来て私に一礼をし……同行者の方々と共に、騎乗で去られました。

母の小さな頃の話を伝えて下さったご老人に感謝し……私は、老紳士の騎乗の姿が見えなくなるまで、頭を下げてお見送り致しました。

◇　◇　◇

行政所の建物の横にある小講堂を、弔いの会の翌々日に借り切る手配をしました。

ここでマリウス様のお披露目を行います。

元々は多数のご来賓をお招きする予定でしたが……コンラートという予定外の要素が加わりました。多数の来客がある中で、万一襲撃を受けてしまえば、コンラートだけではなくご来賓の方々まで危険に晒してしまいます。

お披露目は、少人数での会合に急遽変更せざるを得なくなりました。

他の参加者もそうですが、これはまずマリウス様に説明せねばなりません。


弔いの会の翌日、マリウス様にはご説明に上がりました。

内密の話を含めるので、ご一行の中でも限られた方を残して、人払いをして頂きました。

「明日のお披露目について、元々大勢を呼んで行う予定でしたが……。急遽、安全上の問題が発生しまして、多数のご来賓を呼んでの開催が難しくなりました。今回は、限られた人数でのお披露目にさせて頂きたく、お願いに上がりました」

「安全上の問題？」

ちょっと不思議そうにマリウス様が訊いてきます。

マリウス様にあまり隠し立てするのも問題です。差し支えない部分を話しましょう。

「人払いして頂いたのは、このご説明をするためです」

そう前置きをして、話を続けます。

「伯爵による子爵領乗っ取りの件で、捜査が今進んでいることは、ご存じかと思います。実は……今回領に帰る途中で、その捜査上の証人になり得る人物を保護しました。この人物ですが、正体不明の集団から命を狙われており……捜査関係者に預けるまでの間、私の方で匿っております」

その人物……コンラートのことは伏せ、要点だけをマリウス様に伝えます。

「つまり……その人物を匿うために人数を割いているから、多数のご来賓を招くと、何かあった時に守り切れないってこと？」

どこでどうやって匿っているかは話さない方がいいので、マリウス様の考えは否定しません。

マリウス様に頷いて、私が懸念していることも伝えます。

「……例えば来賓の誰かを人質に取って、その人物を渡せと要求してくることもあり得ます」

そう言うと、マリウス様は考える仕草を見せます。

「つまり……来賓の重要性と比べても、そう要求された場合に、簡単に引き渡せないほどの重要性が、その人物にはあるということか」

私の危惧を認識して頂けたようです。

「そういうことであれば、少人数で開くのは仕方がないか。それでも、領地の中で重要な方々は、お招きするんだよね？　今回はそれで構わないよ」

マリウス様が頷きます。

「ちなみに、その人物のことは、誰かは聞かないけど……捜査関係者に引き渡すまでって言っていたけど、いつまで匿うの？　もう王都には連絡しているんでしょ？　軍務省とか第三騎士団辺りがいつ引き取りに来る手筈になっているの？」

マリウス様が、矢継ぎ早に私へ質問を投げ掛けます。

「それが……まだ王都には、その人物のことは伝えていません」

私は首を振り、期間は未定であることを返答します。

「え⁉　どうして？」

そこで、コンラートを保護した際の経緯――偽者の兵士達による拉致未遂のことをかいつまんで話すと、マリウス様も納得されました。

「そうか……偽者が迎えに来てしまって、見分けが付かなかったら今度こそ、その人物の命が危ないわけだ。しかも相手集団は、イルミが匿っていることも認識している可能性が高いんだね」

マリウス様に頷きます。

「ええ、その通りです。明日のお披露目は、少人数に参加者を絞っておけば、私共と一部マリウス様の護衛で対応できると思います。明日の段取りなのですが……」

その後、明日の進行などについて打ち合わせを行い、最後に私がその人物を匿っていることについて口止めをお願いし、マリウス様のところを辞去しました。

その後……出席者を絞ったことにより、出席できなくなった方々への謝罪に回りました。

翌日、借り切った講堂にて、小規模ですがお披露目会を開きました。

最終的に、お披露目会の出席者は十数名に絞りました。

行政所からは、オイゲンと主要な部門長数名。

商会からハイマンと後継ぎの長男、領都の物流拠点長と部下数名。

領都の小売組合の組合長。

あとは領都警邏《けいら》隊の隊長と、先日の弔いの会でお世話になった教会の神父様。

皆が着席している中に、私とマリウス様が手を繋いで控室から入室します。

「皆様、お集まり頂き有難うございます。事情があり急遽小さな会合に変更させて頂き、申し訳ありません」

私は皆様の前で頭を下げてから続けます。

「先日、第二王子殿下の起こした不慮の事故のため、多くの貴族家から私に対する多数の婚約申し込みや、高位貴族家の圧力がかかるようになりました。当家の窮状を見かねたバーデンフェルト侯爵家から、後ろ盾になって下さるとの提案を受け、侯爵家との間で契約締結を執り行いました」

貴族家の婚約や婚姻は、何らかの政治的事情とは切り離せませんので、冒頭で説明を入れました。

何人かは背景の事情をご存じなかったため、後ろ盾の件に少し安堵している表情も見えます。

「契約に伴いまして、バーデンフェルト侯爵家から婚約者を迎えることになりました。こちらが、私の婚約者となります、マリウス様です」

私は前口上を終え、マリウス様の方を見ます。

マリウス様は頷き、私の一歩前に出て、皆様に挨拶を始めます。

「只今ご紹介に与《あずか》りました、バーデンフェルト侯爵家長男、マリウスと申します」

そう言ったマリウス様は、皆様に一礼をします。

事情を知る行政所の方々とハイマンを除く皆様は、私の婚約者が長男であることに驚いている様子です。それは事前に想定されたことなのか、マリウス様は続けます。

「一般的には貴族家長男ともなれば家の後継となるのですが、侯爵家側も他にも後継候補が居ること、イルムヒルト様が今年から王立学院に通われるご決断をされたことを考慮し、学院で同学年となる私がイルムヒルト様の婚約者となることになりました」

学院で私を守るには同学年、同クラスの方がいい……本人の気持ちもあるし、と、侯爵様は仰っていました。

「離接する伯爵領からの乗っ取り事案が長年あったことは承知しています。侯爵家長男ということで、皆さんから厳しい目で見られると思いますが、この婚約は当家から無理強いした物ではありません。逆に、私がイルムヒルト様の目に適う者でなければ遠慮なく切って下さいと申し出ております」

一旦ここでマリウス様が一息ついて、周りの反応を確かめられます。

皆様は……当然ですが、まだ半信半疑な感じを見受けられます。

「長年当主を務めておられるイルムヒルト様と違い、私は長男と雖《いえど》もまだ若輩者です。ですが、まずは皆様の信頼されるイルムヒルト様を学院でお守りしつつ、彼女の支えになれるよう努力致します。皆様のご指導ご鞭撻のほど、宜しくお願い致します」

マリウス様が皆様に頭を下げます。

侯爵家長男という立場から必要以上に遜ることができないとは、皆理解しています。

しかしそうした立場にも関わらず、マリウス様が頭を下げたことに皆が驚きます。

やがて拍手が起き始め、皆様の温かい拍手で場が満たされます。

一通り拍手が収まったところで、次の進行に移ります。

「さて、ご挨拶はこの辺りにして、皆様には軽く飲食をして頂きましょう」

そう言って、この会を手伝って頂いている行政所の若手の方々の方を見ます。

彼らは、部屋の隅の方で様子を見守っていましたが、私の目配せにより動き始め、各席に軽い食事と飲み物を配ります。皆様の口を滑らかにするため、昼間ですがエールなどの軽い酒類も出しています。


一通り軽い食事と酒類が皆に配られたところで、二人で皆様のところを回り、各卓で談笑します。

マリウス様と二人で婚約届を提出した時のエピソードや、シルバーリングを贈って頂いたことなど、私達二人の間での会話も見て頂きながら、特にマリウス様に皆様と会話して頂きます。

マリウス様も誠意をもって皆様と会話して頂いて……段々と、皆様のマリウス様への警戒心が減っていきます。

二人で皆のところを一通り回ったところで、今度はマリウス様と私が別々に皆様のところに回ります。

「商会長、あいつのことは好きか？」

しばらく経ってからハイマンのところに来た時に、こそっと訊かれました。

あまりの直球の質問に、思わず、うっ、と詰まりました。

「……正直、私はまだ恋愛のことは自分でもわかりません。少々頼りない部分はありますが、私も彼もまだ十六歳です。悪い人ではないようですし、ゆっくり関係を築いていければいいと思っています」

私は、何とかこう答えるだけです。

「まあ、そうだろうな。商会長は好いた惚れたなんて暇、なかったしな。惚れた弱みに付け込まれたとか、そんな話にはならんのなら、安心した」

ハイマンはそこを危惧していたのでしょうか。

彼は続けて、こう話してくれました。

「あいつが俺のところに来た時に話してみた。商会のことでガツガツ聞かれたら、ちょっと考えたかもしれんが、あいつに訊かれたのは……商会長の人柄だ」

「人柄、ですか？」

ハイマンとは、確かに、随分長い付き合いですが。

「知り合って日も経っていないから、俺達が商会長のことをどう見てるか教えてほしいそうだ。商会のこととか訊かなくていいのか、ってこっちが試しに訊いてみたら、『頼まれない限り商会に関与する気はないから、必要ない』ってさ」

そう言うハイマンは、別の卓で談笑するマリウス様を温かい目で見ています。

「あの契約書に書いてあったことを、あいつはしっかり守ろうとしているようだ。酒が入って気の緩んだ振りをした俺達に、付け込む素振りもない。今のところ、あいつは良さそうだと思うぞ」

私がマリウス様とは別々で回ったのは、マリウス様の印象を私が皆に訊くためでした。

それに、どうやら皆に配られたエールは酒精が低いか、単にこれくらいでは皆は酔わないのか……そうして酔った振りをして、マリウス様の為人《ひととなり》を確かめようとしていたようです。

ハイマンのマリウス様への印象は悪くなさそうですね。

「ええ、侯爵家の後ろ盾は、今のところは本当に助かっています。マリウス様自身も、学院で他の高位貴族からできるだけ守ってくれると仰っています。実際どうなるかは、行ってみないと何とも、ではありますけど」

ハイマンには、今のありのままを話しておきます。

「そうか。貴族の集まる学院の中までは皆手を出せないから、行って確かめてみないとな。あいつは商会長を守るつもりがあるようだが、能力的に足りるかどうかは別だ。頼りなかったら叩き返したっていいんだぞ、ハハハ！」

まあ、そうならないことを祈りましょう。

「ちょっと頼りないっていうくらいなら、商会長のことだから、いきなり叩き返すとは思えないが。

そのままズルズルと引き摺ったり、あいつに負荷を掛け過ぎて潰れたりする前に、皆に相談してくれ。俺が商会長に言いたいのはそれくらいだな」

ハイマン、幾ら何でもそれは。

「ちょっと、負荷を掛け過ぎるなんて、私はそんなことをしたことは……」

私はハイマンに反論しようとしますが、ハイマンは私を遮るように言います。

「いやあ、シルクと物流の同時立ち上げは、大変だったなあ……何人もぶっ倒れそうになるくらいには」

「うっ……そうでした……」

……思い出しました。

あの事故から、シルク事業と物流事業を同時並行で立ち上げようと、全力だった時。

立ち上げペースが速すぎる、皆倒れるからペースを落とせ、って、何度もハイマンに叱られましたね……。

「まあ、向こうの侯爵様はしっかりした人なんだろう？　なんせ凄いやり手だって聞くし、商会長もよく相談に乗ってもらっているみたいだしな。あいつのことも相談すればいいと思う。勿論、俺達にも何か困ったことがあったら教えてくれ。協力するぜ」

ハイマンはそう私を励まし、話を切り上げました。

「ふふふ。有難う、ハイマン」

他にも、オイゲンやお招きした他の方々とも話しました。

私を立て、守り、侯爵家の爵位を笠にあちこち干渉はしない、という契約通りに一貫して振る舞うので、マリウス様への印象は悪くなさそうです。

いい後ろ盾みたいで良かった、と皆が安堵した様子でした。


大分皆様の口が滑らかになり、マリウス様と皆様が打ち解けてきた頃、会場の入口の外で何かが聞こえました。

どうやら外で入口を警護する護衛に、誰かが怒鳴っているようです。

オリヴァーに目配せし、彼に状況を見てきてもらいます。彼が入口の扉を少し開け様子を確認しました。

戻って来た彼によると、御目出度《おめでた》い席を開いていると聞き、他領から来た商人がお酒を提供したいとやってきたそうです。護衛達には誰も入れるなと言っていたので、商人の申し出を断ったら、商人が怒り出し口論になったようです。

子爵領に伝手がなくて、私とお近づきになりたいと押し掛けてきた商人なのでしょうか。

私が出て追い返さないといけないかと思い、扉の方へ向かったその時。

突然、この小講堂の部屋のあちこちの窓が破られ、そこから何かが飛び込んできます。

窓を蹴破って中に押し入ってきたのは、黒ずくめの六人の男。目の下から黒い布で覆われ、顔も伺えません。その者達は腰に佩《は》いていて、辺りを見回します。

六人は、素早く給仕をしていたコンラートの姿を捉えると――鬘《かつら》を被せて印象を変えていたのですが、見破られたようです——腰の剣を抜いて一斉に詰め寄らんとします。

しまった、表の商人は陽動か！


賊の乱入に、招待していた警邏隊の隊長は腰の剣を抜いて立ち上がります。

室内に控えていた私の護衛達も腰の剣に手を掛け、コンラートを狙う賊へ向かいます。

マリウス様もテーブルの上から何かを手に取り、黒ずくめの男の方へと駆け出します。

コンラートの護衛として、ハンベルトを給仕の姿で控えさせていましたが、彼も隠していた鉄棒を取り、黒ずくめの男達からコンラートを庇います。


しかし、乱入した六人は手練れのようです。

警邏隊隊長や護衛達は、彼らのうち僅か三人で抑えられ、残り三人がコンラートと、彼を守るハンベルトに対峙します。

ハンベルト一人で三人を相手取るのは多勢に無勢で、ハンベルトは徐々に手傷を負います。

私も慌ててコンラートに加勢しようと向かいつつ、物流部門の男達に目配せします。彼らは万一のための護衛要員として呼んでいました。

彼らも隠し持っていた鉄の棒を取り出し、賊へと寄せていきます。

視界の隅に護衛達と対峙していた賊に立ち向かうマリウス様が見えました。

両手には、皆様の食事で出したナイフとフォーク。彼は護衛達を抑えていた賊の一人に、後ろからフォークを脇腹に刺し、相手が怯んだところをナイフの柄を握った拳で後頭部を殴り昏倒させます。

その賊が倒れた頃には、ナイフとフォークを捨て、男が佩いていた剣を手にしています。

マリウス様の後から来た物流部門の男達が、マリウス様によって倒された男を抑え込みます。

自分が倒した賊が抑え込まれたのを確認したマリウス様は、護衛達を抑えていた残りの賊を無視し、コンラートを狙う賊の方へ駆け出します。

私も、コンラートを狙う三人の方へ別方向から寄せていきます。

一人が私に気付いて、私の行く手を阻もうとします。

その賊は、剣を私に振るうのではなく、剣を持たない手を私に伸ばしてきます。これは、私を捕まえようとしているのでしょうか。

……しかし手が届く直前、私は更に速度を上げてすり抜け、賊の懐に飛び込みます。

そうして、私は脇を締め、スピードと体重を乗せて右肘を賊の鳩尾《みぞおち》に叩き込みました。帷子を着こんでいる感触がありましたが、私も右肘の服の内側に、鉄製の肘当てを仕込んでいます。

そのまま懐に飛び込んだ勢いで賊を吹き飛ばします。

飛ばされた賊は剣を手放して、床を転がり倒れました。

護衛達を相手にしていた賊の残り二人のうち、一人はマリウス様がコンラートへ向かおうとしたのを阻み対峙していますが、警邏隊隊長がマリウス様に加勢しました。

もう一人は護衛達に剣を飛ばされ、彼らに取り押さえられようとしています。

物流部門の男達は、既にマリウス様に倒された一人を縛り上げ、一部は先ほど私に飛ばされ床を転がった一人を抑え込もうとしています。


残る賊はコンラートを狙う二人になりました。

ですが、彼らはハンベルトが一人で対峙しており、彼も手傷を負っており未だ劣勢です。

周囲の状況をそう判断した私は、再び、ハンベルトへ加勢しようとします。

コンラートを前にする賊の一人は、私に対処しようとした賊が倒されたことに気付き、一瞬迷う様子を見せました。その隙を逃さなかったハンベルトが、迷った賊に斬りつけます。

その賊は、やはり帷子を中に着ているのか、大きな怪我はしませんでした。もう一人の賊がハンベルトを牽制し、更なる手傷を追わせません。

ですが斬られた賊が怯んだ間に、私はその賊の背中側に回り込んで、隠し持っていた刺突剣を賊の脇腹に刺します。

「ぐあっ！」

帷子のためそれほど深く刺さりませんでしたが、刺された賊は大きく叫びます。

それを聞いた残りの賊――コンラートに対峙していた賊の残り一人と、マリウス様と警邏隊隊長に対峙していた賊は、自分達の不利を悟ったのか舌打ちをして別々の方向へ逃走します。

マリウス様や警邏隊隊長、護衛達の一部が彼らを追いますが、賊達は破られた窓から逃げていきました。

その間に、私が刺した賊には物流部門の男達が群がり、剣を持った手に鉄棒を叩き込んで剣を落とさせ、抑え込んで縛り上げます。

警邏隊隊長が先ほどの賊を追っていく旨を告げ、会場を飛び出していきました。

私は窓から外の護衛に指示を出し、半数に警邏隊隊長と協力して逃げた賊を追わせます。

残り半数の護衛達は中に入らせ、残った賊の四人を厳重に縄で縛り上げ、猿轡を噛ませるよう指示をします。

この四人は一旦領都の警邏隊の牢に入れ、後で王都第二大隊に引き渡すよう、手続きをオイゲンとオリヴァーに指示をします。


マリウス様、そして護衛として呼んだ物流部門の男達は無傷でした。

コンラートも無事で、怪我はなさそうです。

しかし彼を庇って戦ったハンベルトは三人を相手にしたため、手傷を負いました。本人は大した怪我ではないと言いますが、傷が塞がるまでは様子を見た方がいいでしょう。

奥でハンベルトの傷の手当てをしてもらいます。

来賓の方々は、賊から離れて隅の方に逃れていて、賊達も彼らを狙わなかったので無事でした。

私は来賓の皆様に向き、頭を下げます。

「皆様、大変お騒がせして申し訳ありません。侵入した賊は無事撃退できました。皆様が無事で本当に良かったです」

「いやいや、商会長こそ無事で良かった。素手で賊に向かっていった時はどうなるかと思った」

「婚約者様もなかなか腕が立ちそうじゃないですか。いざという時に頼もしい方で良かった」

ハイマンを皮切りに、来賓の方々は口々に私の無事と、マリウス様の腕前とを喜びます。

「イルミが無事で良かった」

マリウス様が私に近づき、声を掛けてきます。

「マリューは二対一とはいえ、あの手練れの者と渡り合っておられました。学院では騎士課程でもないのに、剣はどこで鍛錬を？」

マリウス様が思った以上に賊と渡り合っておられたので、聞いてみました。

「剣は父上の伝手で、王都第一大隊に居る父上の友人に稽古をつけてもらっている。いざという時に自分の身を守れないといけないと教えられているけど、まだまだ、父上ほどの腕には至っていない。鍛錬が足りないって叱られているよ」

そうマリウス様が言います。

「イルミこそ、あのパーティーでの件と言い……相手の懐に飛び込んでいく戦い方は、傍から見ていて怖い。あまり、ああいうのは……」

マリウス様の言いたいことはわかるのですが、私は首を振ります。

「体が小さく力も弱いので、マリューのように剣を振るって戦うことは、私には難しいのです。ちゃんと私も師匠について鍛錬していますし、どうしてもと言う場合以外なら しませんので、ご心配なく」

「……ひとまず、わかった」

マリウス様は頷きました。

表情からは、彼が納得していないのはわかりますが、私がリーベル伯爵や『アレ』に対処するには、自分の身を守る術を身に付けることは必要不可欠だったのです。

偶然お会いでき、師事することになった体術の師匠には、体の小さな私が取れる方法として『まずは逃げること』を強く言われています。『状況が逃げることを許さないなら、油断を誘い相手の内懐に飛び込むしか、お前が自分を守り相手を退ける方法はない』と断言しました。

大人の男性と同じ剣を振るうと、私の体は小さく、剣に振り回されます。私が自分の体に合う剣を振るっても、男の人と同じ威力は出せません。

剣は重さと力で、斬るというより相手に叩きつける武器なのです。当然体の大きい方が、威力が増します。だから剣を振るったところで、私は男性には太刀打ちできないのです。

槍などの長物を持って相手を追い払う戦法は、同じ武器を持った複数人での連携が必須です。警邏隊のように常日頃一緒に仕事をする仲間同士でなら、普段からの意思疎通で連携もできますが、私のような領主という仕事では不向きです。

私にできる残された戦い方は、相手の内懐に飛び込んで急所を突くこと。これは、自身のスピードと相手の動きの見極めが必要です。

守られる立場であることはよく理解していますので、普段はまず逃げることを選択します。

今回は、私は『コンラートや、会場の皆を守る立場』であったため、逃げること、守られることが選択できませんでした。


「ご婚約者様がこれだけ腕が立って、お二人が愛称で呼び合うほどの仲なのでしたら、私達はあまり心配せずとも良さそうですなあ」

オイゲンが言います……あ、しまった！

「ええ、全く」

「仲良さそうで良かったです」

他の来賓の方々も口々に言います。

マリウス様に答える形で、来賓の皆様の前で愛称呼びしてしまったことに、今更恥ずかしくなって……顔を手で隠してしまいます。

「当主様も婚約者様も赤くなって。初々しいですな」

「あんな当主様を見るのは初めてです」

「ははは。若いっていいですなあ」

皆様、恥ずかしいから止めて！

思わぬ騒動はありましたが、和やかにマリウス様のお披露目は終わりました。

羞恥を晒してしまいましたが……。

案外と言っては失礼ですが、いざという時の頼もしさを見せたマリウス様のことは、皆も認めてくれたようです。

後からオイゲンやハイマンに訊いたのですが、私達の仲は良さそうなところもそうですが、私の十六歳らしいところが見られて、彼らも皆様も、安堵したそうです。

ひとまずは、お披露目は上手くいったと見ていいでしょう。


乱入した賊達は、領都の外に馬を止めていたようです。逃げた二人は、私達に捕らえられた残りの四人の馬も連れて、領都から逃走しました。馬の用意のなかった警邏隊や護衛達では追い付けなかった。

表で騒ぎを起こした商人も、賊が飛び込んで来た中の騒ぎに紛れて、姿を晦ませてしまいました。

その後の警邏隊の捜査でも結局見つかりませんでした。やはりあれは賊達の仲間で、私達の注意を引きつける陽動だったのでしょう。

捕らえた四人は警邏隊に預け、別々の牢に入れさせました。

しかし、王都第二大隊への四人の引き渡しの準備をしていたら、会の翌朝、四人は牢の中で自死しているのが見つかったそうです。

賊達は恐らく、領都に来る途中にコンラートを攫おうとしたあの兵士達の仲間で……つまり、ゲオルグの手の者と見た方がいいでしょう。

彼らはこの領都の行政所の敷地内と言う場所に、六人もの賊を乱入させ、白昼堂々コンラートを狙いました。

これは、コンラートが例の特定の人物の情報を持っていることが高いこと、そして奴らが大人数を――少なくとも、何十人もこの領都の近くに潜ませているはずです。

ゲオルグ達は、まだコンラートのことは諦めないでしょう。

今回は何とか凌ぎましたが、帰路はどうするか決めかねています。恐らく普通に領都を出て帰途に就けば、途中で今度は私達が直接ゲオルグ達に狙われるでしょう。一度に何十人にも襲撃されれば、コンラートは守れません。

仮に王都に戻れても、まだタウンハウスの工事は終わってはいませんし、宿では彼を守るのは難しいでしょう。第三騎士団長に早々に引き渡して、彼の安全が確保できるかわかりません。

どのような手段を取るかは、信頼できる者達との相談が必要ですが……。

それでも、コンラートを守り、王都へ帰らなければ。

閑話三　オリヴァーの回顧　～当主様の歩みを振り返って～

私は、主家たるリッペンクロック子爵家の従爵位家、ルセック家の嫡男として生まれました。下に妹が二人います。

他の領地貴族家は――従爵位家を持てるほどの余力のない、一般的な男爵家を除いて――主だった配下を従爵位に取り立て、領地を治める際の貴族家と領民の線引きをはっきりさせます。

しかし主家リッペンクロック家は、領地領民に寄り添うべしという代々の方針もあり、ルセック家以外に従爵位家を抱えていないのです。

ルセック家を従爵位家に置いているのは、他領との交渉を行う際に実務者の家臣が無位で相手に侮られるのを防ぐ為でしかありません。主家やルセック家と領民達の間には、他貴族家における貴族と平民の間のような隔たりは少ないのです。

特に、諸事情で若くして代を引き継いだ当代ヘルミーナ様は、直接領内を巡っては問題を直に確認し対処なさっているため、領民達は敬意と共に親しみを覚えているようです。

私が十五歳になった時、王立学院に行くために領をしばらく離れることをご報告するため、当主様にご挨拶に伺いました。

その際に、当時まだ四、五歳だったイルムヒルト様と初めて顔合わせをしました。

「オリヴァー様は、これから学院、でしたっけ、に行くのですね。領地のため、勉強に、えっと……頑張って、下さい……じゃなかった、頂くよう、お願いします」

イルムヒルト様のご挨拶はただたどしかったのですが、それでも弱冠四、五歳と考えれば充分過ぎます。むしろその御歳で大人の様に振る舞おうとする彼女に私は内心驚いていました。

当代ヘルミーナ様のご薫陶もあるかと思いますが、次代様はとても頑張っておられます。

「有難うございます。戻って領に貢献できるよう、真面目に学び、人との繋がりを築いてきます」

イルムヒルト様は、次代の主としての振る舞いをなさろうとされている。

なので私も、彼女のことを敬うべき主家の方として挨拶を返しました。


学院では三年間勉学に励み、同じような他家の従爵位家の方々とも繋がりを作りました。

学院を卒業し領に帰還した際、報告のために父オイゲンと領主館を訪れます。

館では先代ウルリッヒ様とイルムヒルト様が出迎えてくれました。ヘルミーナ様は、今日はたまたま熱を出しで伏せられているそうです。

「オリヴァー様、三年間の学院での研鑽お疲れ様でした。これから行政所勤めでしょうか」

そう言って挨拶なさり、頭を下げたイルムヒルト様。三年間で大きくなられたとはいえ、それでもまだ八歳のはず。にも拘わらず、彼女の受け答えは既に大人の様です。

「はい、お蔭様をもちまして、実のある三年間を務めさせて頂きました。これから、行政所にて実務で貢献致します。ヘルミーナ様が快癒なさるようお祈りしております」

私も大人相手だと思ってイルムヒルト様に返事をしました。


その後は父の下で使い走りをしながら、行政所において領地運営の実務の一端を徐々に経験し始めていきました。

驚いたのは、既にこの時、イルムヒルト様が当代様の仕事の少なくない部分を代行されていること。国への報告等の対外的なものはヘルミーナ様のサインがされていますが、領地内での予算執行の決済は、先代ウルリッヒ様やイルムヒルト様が領主代行として大半をサインしています。ウルリッヒ様はともかくとして、イルムヒルト様が八歳にして既に領地経営の一端を担っておられることに驚きます。

「次代様は聡明であられる。どのような領主様になるのか楽しみだ」

父もそう言うほどです。行政所の皆が、イルムヒルト様に期待を寄せていることが窺えました。


しばらく経った頃。リッペンクロック領と隣のリーベル領に、大規模な野盗集団が現れました。人的被害は少ないのですが、作物や運搬物を奪われる被害が相次ぎます。

リーベル領は独自で傭兵団を雇い野盗に対処していることを知り、どのような契約で隣領は傭兵団を雇ったのか調べるよう、ヘルミーナ様の名前で指示が入りました。

王都にいる私の同級生の伝手も使って調べると、リーベル伯は傭兵団との契約を国へ届け出ており、その契約条件の写しを入手することができました。

写しを見る限り、傭兵団を雇い入れる金額は期間と人数を考慮しても妥当な範囲でしたが、このリッペンクロック領はここ数年不作や不況に見舞われており、同様の契約を結べるほどの財政的余裕がありません。

そこで主家は、所蔵する先祖伝来の宝飾品の売却や、運転資金の借り入れなどまで行い、何とかリーベル伯と同様の契約金の確保をした上で、傭兵団との契約に臨みました。

先方から人数制限を求められた契約の場には、行政所から出席者を出せませんでしたが、無事傭兵団との契約を結んだと主家からの連絡を受け、私達行政所の一同は歓喜しました。

これで一段落つきそうだと皆が思ったのですが、ヘルミーナ様が心労で倒れたとの急報が入りました。先代ウルリッヒ様からは、しばらく領内の静養地で当主様を休ませるとのことだったのですが……そのまま、主家の皆様が連絡を絶ち、行方不明になりました。


行政所の面々で主家の行方を捜索し始めたのですが、リーベル伯が傭兵団を連れてリッペンクロック領にやって来て、主家の皆様の居宅である領主館を占拠しました。

「リッペンクロック子爵家が行方不明と聞き、支援のためにやって来た。領地行政の空白を埋め、領民達を助けるため、子爵家の方々が見つかるまでは助力しよう」

状況確認のために領主館を訪れた父と私達に、リーベル伯はそう言いました。

「伯爵家とは、当代が既に縁切りを宣言しております故、ご助力は御遠慮させて頂きます」

父がそう伯爵へ言い返しました。

先代様は目の前の伯爵の弟君と結婚しましたが、先代様はその後その弟君を叩き出し、伯爵家との縁切りを宣言する絶縁状をお送りされたと聞いています。

伯爵が子爵領乗っ取りの既成事実を作りにきたことは明白なのです。


結局、我々の抗議にも拘わらずリーベル伯は領主館に居座りました。

私達行政所の面々は、父と共にリーベル伯のその後の干渉を突っ撥ね続けます。

伯爵が領主館を占拠してしばらく経つと、行政所に傭兵団の団長が挨拶に来ました。

兵をもって占拠されるのかと、職員一同で抵抗しようと入口に集まります。

「勘違いしないでくれ。ここを占拠しに来たわけじゃない。我々傭兵団は引き上げることにしたから挨拶に来ただけだ。伯爵は残るがな」

団長はそう言います。

「どういうことですか？」

父が問うと、団長は頭を振ります。

「お前さん達の想像通り、伯爵は私達に行政所を占拠しろと言ったのだ。だが、我々は伯爵の私兵になったわけじゃない。野党団は追い払ったし、これ以上の契約を破棄して帰ることにしただけだよ。じゃあな」

それだけを言って、傭兵団の団長は去っていきました。

領主館に居た他の傭兵団の者達も退去していきましたが、伯爵はその後も領主館に居座り続け、そこから行政所へ様々な指示を飛ばしてきます。

私達は『領主様でない方からの指示は受けません』と全てを拒絶します。

そんな状態が一月も続くと、リーベル伯は、当主様が結婚してすぐに叩き出したという伯の弟エーベルトを担ぎ出し、その家族も共に領主館へ連れて来ました。

そしてエーベルトを領主館に置いて、自身は帰っていきました。


そんな折、イルムヒルト様から父宛てに手紙が届きました。

私も一緒にその手紙を読んだのですが、静養地へ向かう馬車の事故で先代と先々代は亡くなり、イルムヒルト様も重傷を負われたとのこと。

しかし……次の一文に父と私は固まりました。

『私は、母の後を継ぐ覚悟を決めました』

これは、当主を継承するとの意です。

ですがあの方はまだ八歳、しかも重症を負い臥せっている状態だと手紙に書いてあります。

こういう場合、普通なら親戚から後見人が選ばれ、本人の成人まではその後見人が代理当主となるのですが……先代ヘルミーナ様は先々代夫婦の唯一の子供。そしてイルムヒルト様もまた、先代様の唯一の子供です。

イルムヒルト様の父君は隣領リーベル伯の弟、つまり現在領主館にいる方ですが、既に先代様が縁切りを宣言しているため、あの方を後見人に据えることはできません。

つまり、イルムヒルト様が自ら王都へ行き、そして貴族省にて当主となり得る能力があると証明しなければならないのです。

「オリヴァー。お前が行って見極めてこい」

「見極め、ですか？」

父は、私の問い返しに頷きます。

「イルムヒルト様は、既に領地経営に携わっている。知識や能力的には大丈夫かもしれない。だが、唯一の主家の生き残りだとはいえ、あのお方はまだ八歳だ。まだ当主としての覚悟があの方に感じられなければ……王都での当主の就任手続は、一切をお前が仕切れ」

イルムヒルト様の王都行きと就任手続き自体は父も反対はしません。そうしなければ、子爵家も勿論、我々も従爵位家の立場を失います。

そうすると、領主館にいるエーベルトを通して、リーベル伯が出張ってくるでしょう。

ですが、イルムヒルト様がまだ当主として立てる器でなければ、私が後見人として領を背負って立て、と父は言っているのです。

急に、私の背中がズンと重くなったような気がします。

「どの道、あの方にはお前を付けようと思っていた。もし、当主としての覚悟をお前があの方から感じることができたなら……お前は腹心となって、当主様のために考えて動け。そうでなければ、お嬢様が育つまでの後見人として振る舞うがいい。直接私が会いに行けない以上、その判断はお前があの方を見極めて決めろ」

長くヘルミーナ様を支えてきただけあって、父は主家の代行者として領を背負う覚悟を決めているのか、その一言一言が私には重く感じます。

この重みを、イルムヒルト様に感じるのか。それを私が自分の目で確かめろということです。

「わかりました」

私は、その重い役目を任されたことに責任を感じつつ、頷きました。


父は主家の抱える商会の副商会長ハイマンにも連絡したらしく、ハイマンの末娘であるロッティと合流の上で、イルムヒルト様の療養する村へ向かいました。

ロッティは父親の商会を手伝っていて、何度か商会の遣いで行政所に来たことがあり、全く知らない間柄ではありません。

彼女は今回その父親から、イルムヒルト様の身の回りの世話をするよう言われたそうです。彼女の持ってきた荷物の中に、こちらの領では珍しい物がありました。

「車椅子ですか。王都では、怪我をした貴族子息が乗っているのを見たことはありますが」

「ええ。王都でお父さんが見つけてきたのです。売り物になるかもしれないから、機会があったら使い心地を確かめたいんだって言ってたんです。まさか、イルムヒルト様がその最初になるだなんて」

　ロッティは、イルムヒルト様が大怪我を負っていると聞いて心配な様子です。

　目的の村に着き、診療所に向かいます。

　村の医者に自分達の身元を明かし、イルムヒルト様へ会いに来たことを伝えると、彼は私達を屋根裏へ続く梯子《はしご》へ案内します。

　梯子を上った先はそれほど広い部屋ではありませんでした。そこにベッドが一床置かれていて、その上にイルムヒルト様が横たわっています。

　彼女は上ってきた私達に目線を向けます。

「……ううっ！」

　そして、体を起こそうとしたイルムヒルト様は、体が痛むのか顔を歪めました。

「イルムヒルト様！」

　ロッティは慌てて駆け寄り、イルムヒルト様を助け起こします。

「ロッティ、有難う……」

　イルムヒルト様はロッティに感謝を述べました。

　私は敢えてイルムヒルト様に駆け寄らず、ベッド近くに椅子を寄せて座ります。

「イルムヒルト様、学院からの帰郷以来、ご無沙汰しておりました」

　そう言って、私は頭を下げます。

「オリヴァーさ……いえ、オリヴァー。貴方の用件は、何でしょうか」

イルムヒルト様は、私を『オリヴァー様』と言おうとして、言い直しました。

「無論、イルムヒルト様の当主就任手続きです。それで、どのようなご予定で」

私はまだイルムヒルト様のことを見定めていませんから、どういう立場で来たのかは暈し、彼女のご存念を尋ねます。

「……王都へはなるべく早く行きます。怪我の治療を待っている余裕はありません。領主館にいる父エーベルトの当主代理の自称や、リーベル伯による乗っ取りを許す訳には行きません」

彼女は既に、リーベル伯の弟、自身の父親があの領主館に居ることを知っていました。

「では、当主に正式に就任して、早々にあの自称当主代理にはお帰り頂くと？」

そう言うと、イルムヒルト様は首を振ります。

「いいえ、当主には就任しますが、今の私が当主として表に立つのは危険です。ですが、貴方やオイゲンを後見人に立てても従爵位家ではリーベル伯の攻勢に太刀打ちできませんし、かといって後見人になってくれる他の貴族家もありません」

私は頷きました。

幾らイルムヒルト様が当主として認められたところで、彼女は八歳の貴族のお嬢様にすぎないのです。彼女が当主として表舞台に立てば、与し易しとリーベル伯やエッゲリンク伯が付け込んでくるだけです。

それに、ヘルミーナ様の当主就任以来、他の貴族家との交流はほぼありません。隣接領地の領主であるリーベル伯やエッゲリンク伯は、リッペンクロック家にとって敵対関係です。リッペンクロック家の後ろ盾を担ってくれる他の貴族家はいないのです。

「ではどのように？」

この問いにも、イルムヒルト様は首を振ります。

「伯の目を誤魔化すために、領主館の父にはお飾りの当主代理を続けてもらって、私は表に立たずに裏から手を回す形が望ましいのですが……今は、具体的な方策が思いつきません。そこは王都で、当主就任の手続きをする際に相談しようと思っています」

私は頷きました。聞く限り、彼女の状況判断は適切だと思います。

「当主就任後は、忙しくなりますよ」

続けられたイルムヒルト様の言葉に、私は戸惑います。

「忙しくなる、とは？」

「移住を受け入れたロウおじさま達が、素晴らしいシルク生糸を生み出してくれました。それであの方達は、私に夢を……あのシルク生糸を使って、この子爵領を豊かにする事業を作ってくれ、という夢を託してくれました。私は、三年で形にするとおじさまに誓いました」

ヘルミーナ様達が、彼らの作る生糸で領地を豊かにする、と語っていた夢のことでしょう。

それがとうとう、輸入生糸以上の物が作れるようになったのですか。

ですが……三年で形に、とはどういうことでしょう。事業を興すということでしょうか？

「あの方達は、私に人生を賭けて下さったのです。それでなくとも、領地の皆の人生が、当主に掛かっています。私は、子爵家に人生を賭けて下さる皆様に応えねばならないのです」

イルムヒルト様の瞳には、強い意志と決意が込められていました。シルクの事業化についても期限を切っている以上、既に当たりを付けているようです。

「それで、オリヴァー。なぜ文官の貴方がここに？　私はオイゲンに、従僕をお願いしたはずなのですが」

イルムヒルト様は、その決意のこもった鋭い視線を私に向けました。

彼女から父へ届いた手紙には、確かに彼女の言うように書かれていました。それを受けてやって来た私が、父に言われてイルムヒルト様を見定めに来たことも、見抜かれているようです。

学院から帰って来た時に出迎えて下さったイルムヒルト様は、受け答えは大人のようでしたが、それでもまだ、彼女は八歳のお嬢様でしかありませんでした。

だが、今のイルムヒルト様は……領に住む皆の人生を預かる立場としての自覚を持ち、瞳に漲る強い決意と意志があります。

領地経営に既に関わっているとはいえ、ついこの間までお嬢様でしかなかった彼女は、今では纏う雰囲気すら変わっています。

領地を取り巻く環境は厳しいです。続く不作に、リーベル伯を含めた周りの領地による迫害。野党団による傷痕もあります。亡くなってしまったというヘルミーナ様、その先代ウルリッヒ様でさえ、なかなか跳ね除けるに至りませんでした。

でも、イルムヒルト様には、それすら何とかしようという気概が感じられます。

父上……これほど変貌を遂げたイルムヒルト様に、私は賭けてみたくなりました。

「父からの伝言です。『お嬢様……いえ、当主様には腹心が必要でしょう。若くて動けて、ある程度頭の回る男を付けました』とのことです。こき使われてこい、と父に送り出されました」

私は、そう言って頭を下げました。

見定めて来いと言われた時、イルムヒルト様が当主としてやっていけそうだと思ったらこう言えと、父には言われていました。

イルムヒルト様は頷いて、今度はロッティの方を向きます。

「ロッティは、私の身の回りの世話を？」

イルムヒルト様の問いに、ロッティは頷きます。

「商会で働くよりもよっぽど勉強になるからって、父に送り出されました。あと、これを」

そう言って、ロッティは屋根裏部屋に持ち上げた大きな荷物……車椅子を見せます。

「いつだったか、領地で売りに出せるか見定めるために商会で買ったものですね。まさかこれを自分で使うことになるとは思いませんでしたが」

感慨深げに言うイルムヒルト様に、ロッティは驚きます。

「イルムヒルト様も、ご存じだったのですか」

「勿論です。私がハイマンに購入をお願いしたのですから」

イルムヒルト様は、何が領地を豊かにするのかを、以前から試行錯誤されていたのか。

その後は当主就任に関する書類や、領地経営の決算書類、そして当主就任に関して問われるであろう想定質疑を確認しました。

イルムヒルト様は、既に領地経営の多くの範囲に関わっていただけあり、内容の把握については問題なさそうでした。


私達三人は療養していた村を早朝に出発し、午前中のうちに近くの街道筋の町にやって来ました。

リッペンクロック領から王都へ行く場合、通常は北に向かうのですが、その方向にはリーベル伯爵領が隣接しています。

でもイルムヒルト様はリーベル伯に見つかるわけには行きません。

南向きにエッゲリンク伯爵領へ向かう乗合馬車を探そうとしたのですが、イルムヒルト様の指示は、領内でも北西端のガーゲルンという村へ行くことでした。

村へ向かう荷馬車に乗り現地に行って初めて知ったのですが、村の北に聳《そび》える山向こうはリーベル伯爵領ではない別の子爵領で、そちらの村とガーゲルン村の間で物々交換をするために、小さな荷馬車が通れるほどの道を森の中に通しているそうです。

それは、亡きヘルミーナ様達と、領地を巡回して問題解決に当たっていたからこその知恵なのでしょう。その森の中の道を通って、リーベル伯爵領を避けて王都へ向かうことができました。

その後も、乗合馬車を乗り継いで王都へ向かう行程は、怪我の治っていないイルムヒルト様にはとても辛そうでしたが、彼女は一言も泣き言を漏らしませんでした。

王都では下級貴族向けとされている宿を一週間分確保しました。

「明日は早速貴族省へ訪問します。オリヴァー、明日は貴方を連れて行くので、必要書類を揃えておいて下さい。それからロッティは、私達がそちらを訪問している間に、貴族向けの法律相談の申請書類を商務省から入手して下さい」

イルムヒルト様は宿の部屋で一息ついてから、私達に指示を出します。

「提出書類の読み合わせは如何致しましょう」

王都へ来るまでの間、貴族省への提出書類を人前で開くわけにはいかなかったので、今この場で私と内容確認をすることを提案したのですが、イルムヒルト様は首を振りました。

「内容は全て把握しています。むしろ、オリヴァーには職員の牽制をお願いします」

私は頭を下げましたが、牽制とは何か、この時点では私には判然としませんでした。


翌日、イルムヒルト様の乗る車椅子を私が押す形で、貴族省を訪問しました。

総合受付窓口とやらがあるので、そちらへ向けて車椅子を進めます。

「本日は、どのようなご用件でしょうか」

受付の女性は、私の方を見て話します。

……昨日の『牽制』の意味が、やっと分かりました。

私は女性に答えずに、車椅子に座るイルムヒルト様に目を落とします。

受付の女性が私の視線を見て、ようやく彼女はイルムヒルト様に目線を向けます。

「爵位継承の手続きに来ましたが、どこへ行けばいいですか」

イルムヒルト様が女性に問いかけると、女性はきょとんとした表情をしています。

「ええと……爵位、継承ですか……後ろの方は、後見人の方ですか？」

私に向かって女性が聞いてくるので、私は首を振りました。

「私は従爵位家の者です。今は付き人をしていますが、あくまでこの方の部下であって、私は後見人ではありません」

「そ、そうですか……で、では、家名を教えて頂けますか」

受付の女性は、まだ私を見て話をする。

「では貴女は、こんな子供が家を継ぐ家名を公共の場で晒して、どうぞ他の貴族家に当家を侮って下さいとお知らせするわけですね」

イルムヒルト様が、少し怒りを滲ませながら受付の女性に言います。

領地の皆のことを背負う自覚のあるイルムヒルト様は……怒ると迫力があります。

「……い、いえ、そういうわけでは……」

イルムヒルト様に凄まれた受付の女性は慌てた様子で、しどろもどろになります。

「ではどういうわけでしょうか。私の爵位継承の話をしていますのに、先ほどから後ろの私の従者にばかり話しかけておられますが」

「て、……てっきり、後ろの方が後見人なのかと……まだ小さいお嬢様が、爵位を継ぐとは信じられなくて。それで、どの家の手続きなのか、家名を確認させて頂ければと」

女性はそう言い訳をしますが、子供の悪ふざけか何かと思ったのでしょうか。それで、どの家かを確認して、後で抗議書でも出そうかといったところでしょう。

ですがイルムヒルト様の仰る通り、こんな場所で家名を晒すわけにはいきません。

「そんなに家名を晒させたいと⁉」

「……失礼いたしました。ご案内させて頂きます」

イルムヒルト様の剣幕に、女性は頭を下げ謝罪し、私達を案内します。

受付の女性の案内で連れて行かれたのは、『審査部』という部署。

部署から出てきた若い男性に、受付の女性が話をしています。受付で話した私達の用件を伝えてくれているのだと思いますが、その男性がちょっと顔を顰めたのが気になります。

「ご用件は、爵位継承のための嫡子審査です？　子供がここに来る理由がわかりませんが」

男性はちらりとイルムヒルト様を見た後……私の方を見てそう言います。

さっきの受付の女性は、彼にどう言って引き継いだのでしょう。

私はまた、用件があるのは自分ではないと示すため、イルムヒルト様の方に視線を向けます。

「嫡子審査ではなく、私が爵位継承するための手続きです」

「爵位継承手続き？　貴女が？　それで、後ろの方は後見人で？」

イルムヒルト様の答えに、男性は怪訝な顔で質問を返します。

「いいえ、私はこの方の従爵位家に属する従者です」

私がそう言うと、男性は溜息を吐き、イルムヒルト様に言う。

「でしたら、適切な後見人を選出して、それから再度お越しに」

「お言葉ですが、私は既に領地経営に携わっていて、大半のことは把握しています。見た目の年齢性別だけを見て手続きを拒否する法的根拠はどこにありますか？」

男性の言葉を遮って、イルムヒルト様が抗議の声を上げます。

「……わかりました。それでは、こちらの申請書を書いてもらえますか。お嬢ちゃんが爵位継承するのであれば、一人で書けますよね」

明らかに男性側は苛ついた表情で、イルムヒルト様に申請書を突き出します。

私が車椅子の肘掛に引っ掛けるように書面台を用意する間に、イルムヒルト様は男性から申請書をひったくります。

ものの数分で申請書を書き上げ、イルムヒルト様は男性に申請書を突き返します。

「……少々、お待ち下さい。……チッ」

男性は粗探しをするかのように申請書を見ますが、何も不備が見つけられなかったのか、舌打ちを残して部署に引き返しました。

「随分失礼な応対ですね。抗議を上げますか」

私の言葉にイルムヒルト様は首を振ります。

「今抗議を上げても意味がありません。それは叩きのめしてからにしましょう」

イルムヒルト様も、腹に据えかねている様子です。

十分ほど経って、男性がこちらに戻ってきました。

「今から、爵位継承審査をします。こちらの審査室へどうぞ、お嬢ちゃん」

男性はイルムヒルト様を馬鹿にしたように言います。

思わず前に出ようとしますが、イルムヒルト様の手が私を止めます。

「審査は、貴方が？」

イルムヒルト様は、普段より一段低い声で男性に返します。相当お怒りのようです。

「ええ、その通りです。それではこちらへどうぞ」

男性は、私達を審査部の奥にある会議室へ案内します。

「従者の方は、そちらでお待ちを」

会議室の扉の外にある椅子を指差して男性が言います。私が助言できないように足止めして、イルムヒルト様を厳しく審査する心算のようです。

「会議室の中には、貴方が押して頂けるので？」

私が車椅子を指差して言うと、男性は顔を顰めます。

「チッ……中に案内するまでですよ」

私に中まで車椅子を押して、イルムヒルト様を残して出て行くように男性は指示しました。

私は大人しくイルムヒルト様の車椅子を会議室のテーブルに寄せた後、会議室を出て傍の椅子に座り、部屋の外で審査を待ちます。

「決算書も読めない貴方が、何を審査しようというのですか！」

イルムヒルト様と男性が入り、扉を閉められた会議室の中から、激怒するイルムヒルト様の声が響きます。

慌てて男性が会議室から飛び出し、審査部の上役と思われる方のもとへ駆け寄っていきます。

しばらくすると、男性にその上役が伴って会議室に入っていきました。

「手ぶらで審査に臨んでおきながら、決算書の数字の是非がわからないとはどういう了見ですか！」

またしばらくして、イルムヒルト様の怒声が会議室から聞こえます。すると最初の男性がまた慌てて出てきて、どこかへ駆け去っていきました。

会議室の扉が開けっぱなしなので中を覗くと、上役と思われる男性もイルムヒルト様も互いに腕を組み、目を閉じています。

……さっきの男性はしばらく戻らないのでしたら、今のうちにお茶をお出ししましょう。

近くの女性にお茶を淹れる場所を尋ね、そこで二人分だけお茶を淹れて会議室に戻ります。まだ男性が戻ってきていないので、イルムヒルト様の前にお茶を置きます。

「有難う」

声を掛けてくれたイルムヒルト様に礼をし、私はそのまま下がろうとするのですが、上役と思しき男性から声が掛かります。

「私にお茶はくれないのかね」

「誰も私達にお茶一つ出しませんから、この審査部自体がそういう流儀なのでしょう？　私は、疲れておいでであろう主様にお茶をお持ちしたまでです」

飲みたければ自分で淹れろという私の嫌味が通じたのか、上役の男は顔を顰めます。

私は会議室を出て扉横の椅子に再び腰掛け、もう一人分のお茶を自分で頂きます。


先ほどの男性が、幾つかの資料の束を持って戻ってきました。

扉が閉められたので、これから審査再開のようですが……。

「税務調査資料なしに、どうやって税務実務の審査をするつもりですか！」

しばらくして、また、イルムヒルト様の怒声が飛びます。

そしてまた、男性が会議室を飛び出して走り去ります。

開けっぱなしの会議室の扉の中から、まだイルムヒルト様の怒声が響きます。

「これではいつまで経っても審査が終わりません、私は暇ではないのです！　審査に何が必要なのか洗い出して、それに必要な資料と、関連部署の担当者を全員ここに集めて下さい！」

「だ、だが……」

イルムヒルト様の要求が面倒なのでしょう、上役は渋っている様子です。

「領地を長く空けるわけにはいかないのです。滞りなく審査して下さるよう必要書類を全て揃えて申請書も書きました。先入観に囚われ、いい加減な審査をしているのは審査部の方ではないですか。何故私がそれによる損害を被らなければならないのですか！」

イルムヒルト様の激昂は続いています。

ダン、という音がしているのは机を叩いているのでしょうか。

これは、お茶をまた淹れないといけないかと思って立ち上がろうとすると、先ほど場所を聞いた女性職員が、私に座っているよう手振りで示し、慌てて駆け出していきました。

先に出て行った男性が、また書類の束を幾つも持って戻ってきます。

「キューゲラー君。戻ってきたところ悪いが、お前ではもう話にならん。財務部、税務調査部、貴族訴訟管理部を回って、リッペンクロック領の担当者とその上役に、関連資料を持って審査部に集まるよう通達してこい。それが終わったら、長官室へ報告を上げろ。大至急だ！」

会議室に残っていた先ほどの上役が、書類を抱えて戻ってきた男性に指示を出しています。

キューゲラーというその男性は、また慌てて出て行きました。

先ほど出て行った女性が、いくつものお茶のカップと大ぶりのポットをトレイに乗せて、カートを押して戻ってきました。今度は彼女がお茶を淹れてくれたようで、女性はまずイルムヒルト様に、その次に私のところにお茶を持ってきてくれました。

そのまま三十分くらい待っていると、幾つも書類を抱えた担当官とその上役らしき人物という組み合わせで四組ほどやって来て、会議室に入っていきます。

そこからの打ち合わせは、三時間以上かかりました。

途中何度か休憩を挟み、その度に何人かの男性が会議室を出て資料を取りに行くのと、先ほどの女性がお茶を淹れに立つ様子が見て取れましたが、イルムヒルト様の怒声が再び扉の外まで鳴り響かなかったところを見ると、何とか審査は終えた様です。

扉が開いた時、イルムヒルト様以外の面々が頭を下げていました。

「審査頂き有難うございます。これで、ようやくもう一つの要件に移れそうです」

そう告げたイルムヒルト様に、頭を下げていた方々が疲れた顔をしていました。

そこに、別の男性職員が審査部の中に入ってきます。その職員は扉の開けられた会議室に入っていき、入口でイルムヒルト様以外の面々に顔を向けます。

目線を向けられた面々がその職員に頷くと、職員はイルムヒルト様の方を向きました。

「リッペンクロック子爵。貴族省長官補佐のルーンケンと申します。長官の代理として、今回の審査についてお詫びします」

その職員が、頭を下げました。

職員がイルムヒルト様を爵位で呼ぶということは、審査は合格でしたのですね。

イルムヒルト様……当主様は、頷きました。

「謝罪は受け取りました。代わりと言っては何ですが、長官閣下にご相談したいことがございます。従者も一緒に長官に面会させて頂きたいのですが、宜しいでしょうか」

「わかりました。今からで宜しければご案内致します」

職員は当主様に頷き、私の同行も許可されました。

私は当主様の車椅子を押しながら、職員に着いて行き、貴族省長官と面会しました。

長官はまず審査の不手際と職員の対応について詫びを述べました。

その後、イルムヒルト様と長官で話し合い、イルムヒルト様が社交の場に出ずに領主として活動するため、貴族年鑑のイルムヒルト様の欄に『所在確認中』と記載する方向で調整しました。


長官室を退室後、宿へ帰るべく貴族省の出口へ向かって車椅子を押していきます。

その途中、審査部や、審査に関わった部門らしき方々――所々、イルムヒルト様の当主審査の際に見かけた顔があります――が、通路の両脇に立って頭を下げ、私達を見送ります。

「また、年次報告の際に訪問しますので、その際は宜しくお願いします」

イルムヒルト様が彼らにそう声を掛けると、頭を下げている方々の肩がビクッと跳ねているのが見えます。余程、当主様に締め上げられたのでしょうか。


宿へ帰る馬車の中で、イルムヒルト様から声を掛けられました。

「オリヴァー。貴方の目から見て、私はどうでしたか」

「私が後見人として仕切っていたら、あのように貴族省と渡り合うなどできませんでした。イルムヒルト様が当主として認められたこと、私も嬉しく思います。誠意をもってお仕え致します」

私は、当主様に頭を下げました。

実際、王都まで来る経緯にしても貴族省での審査にしても、イルムヒルト様は領地のことを、私や恐らく父以上に把握しています。

それに、貴族省相手に十二分に渡り合うだけの知識や能力、交渉術も兼ね備えておいでですし、領地を背負う覚悟も備えられています。

父が私に『イルムヒルト様を見極めろ』と言ったのは、恐らく……私に自分がまだ青二才であることを自覚させるために言ったのでしょう。

父はとうに、イルムヒルト様のことを当主に相応しいと見ていたに違いありません。

「貴族省だけでなく、貴方にも当主と認めて頂いたことは嬉しいです。これから宜しくお願いしますね」

イルムヒルト様は私にそう言いました。

◇　◇　◇

先代ヘルミーナ様の弔いの会を終え、イルムヒルト様が先代様との語らいの時間を取る中……私はイルムヒルト様の当主就任当時のことを思い返していました。

あの時から、私は領地経営や納税実務の補佐だけでなく、イルムヒルト様の従者として、潜伏先の手配や、使用人の育成——ロッティや古参の使用人達とも連携しましたが——、商会や領地内の各関係者との折衝など、色々なことを行ってきました。

当主就任当初のイルムヒルト様から私への指示内容は微に入り細に入るものでしたが、段々とその指示内容は粗くなっていきました。今ではイルムヒルト様の大まかな指示だけでも、当主様の意図を理解して自分の裁量で行えるようになってきました。

ロッティも同様で、彼女も当初は当主様の身の回りの世話だけでした。ロッティは私と共に使用人の育成を行いつつ、自らも侍女としての訓練を受け、今では侍女頭として女性使用人達の采配を当主様に任されています。

ハンベルトは性格上、使用人としてはともかくですが、彼は兵役経験を活かしイルムヒルト様の護衛を立派に務めています。


当主様とコンラートとの話を聞く限り、まだ安寧は訪れていないようですが……。

これからも、私達は誠意をもってお仕えせねば。

弔いの会を仕切り終え、先代様に祈りを捧げる当主様を見ながら、私は思いを新たにしました。

エピローグ　追手を掻い潜り王都へ

お披露目会の翌日、領内の主要な方々を行政所の会議室に集めました。

集めたのは、領主補佐オイゲン、商会の副商会長ハイマン、物流部門の領都拠点長、警邏隊の隊長、小売組合の組合長マインラート、そしてマリウス様の六人です。

重要な打ち合わせなので、会議室から関係者以外を人払いさせます。


まず、お披露目会で襲ってきた賊の捜査状況を警邏隊隊長から報告頂きます。

「乱入した六人の賊は事前に領都外で馬を預けていました。逃げた二人は、領都を出る直前に商人風の男から六人全員分の馬を受け取り逃走したようです。馬を預けていた商人風の男も、行方はわかっていません」

昨日逃げた賊とその仲間は見つからなかったようです。

やはり、組織的な行動と思われます。

「それから、捕らえた四人は尋問しても口を割らず、一晩牢に入れていたところ、全員牢内で自死していました。申し訳ありません」

そう言って隊長は頭を下げます。

「かなり組織的な行動を思わせます。初めから、そういう訓練を受けていたのでしょう。警邏隊の責任ではありません」

そう言うと、警邏隊は一礼して着席します。

次に私から。

「今回領地に戻ってくる際、リーベル伯爵の乗っ取りの件で重要な証人と思われる人物を、今回領地に帰る途中で保護しました。お披露目会の規模を縮小したのも、この証人を守るためであることは、皆さんには話している通りです。今回もその証人を狙った犯行と思われます」

小売組合の組合長マインラートはご高齢のため、お披露目会の出席を今回はご遠慮頂きましたが、私の事情は事前に伝えています。

彼は祖父がこの商会を立ち上げた時から、子爵領で不足する生活必需品類の調達にハイマンと共に東奔西走した、商会の小売部門のトップでした。

今は、シルクと物流によって商会が大きくなり過ぎました。そのため必要以上に領内の経済を商会が牛耳らないよう、小売部門を解体して領内の他の幾つかの商会に事業売却しました。

その上で、彼には領都での小売業商会達の纏め役になってもらったのです。

「王都第二大隊の兵士を装ったり、今回のように白昼に襲撃したりと、賊はかなり組織的なもののようです。迂闊に王都に証人のことを伝えても、偽者が引き取りに来た場合に私達には見分けがつかない可能性があるため、まだ王都には証人のことを伝えていません。今回皆さんに集まってもらったのは、善後策を検討するためです」

私は言葉を切り、皆さんを見回して発言を促します。

「なるほど、状況は理解しました。そういう事情でしたら、タウンハウスの工事が完了しないまま王都に戻るのは不味いですな。今当主様が取られている宿では、証人をお守りするのは難しいでしょう」

オイゲンが言う通り、タウンハウスの工事は未完了ですし、宿では人の出入りが多くコンラートを守るのは難しいです。

「でもこのまま領都に居ても、充分守れるかというと難しいな。商会としても工場側も物流拠点もあまり手薄にできないから、領都に大勢の護衛を出すのは難しい。それに王都への移動中が危ないのは変わらん」

ハイマンの言うように、このまま領都に居ても危ないのは変わりません。

「証人を王都で然るべき人に引き渡すにしても、誰に引き渡せばいいかを見極めるためには、ある程度時間が必要です。王都第二大隊は言わずもがな、第三騎士団に引き渡しても本当に証人の安全が確保できるかはわかりません」

私は、王都に行ってもすぐに引き渡せるわけではないことを伝えます。

「それだけ、証人の重要性があるのですな。それであの襲撃を行えるだけの賊を手下に持っていて、王都第二大隊や第三騎士団にも影響力があるかもしれないとは、よほどの相手のようですな。そんな大物が、伯爵側の背後に居たということですか？」

私の課題整理に、警邏隊の隊長が気付いた点を挙げます。

「ええ、恐らくそうです。伯爵一人では、あそこまで乗っ取りを仕掛けてこなかったでしょうね」

私は頷いて、隊長の発言を肯定します。

「四つの課題に分けましょう。『連中に見つからずにどうやって領都を離れるか』、そして『出発した後、どうやって彼らに見つからずに王都に行くか』、『どうやって見つからずに王都に入るか』『タウンハウス完成か、証人の引き渡しまでの間、どう王都で潜伏するか』です」

私は指を四本立てながら説明します。

難しい問題は、課題を細かく分けて考えると解決方法を考えやすいのです。

「まず、『連中に見つからずにどうやって領都を離れるか』です」

立てた一本目の指を、別の手で指差します。

「道中の危険以前に、連中は町の中に人を潜ませているか、領都の外で遠くから監視するかして、私達の出発を見張っているでしょう。彼らに見つかれば、道中の危険度が跳ね上がります」

次に、二本目の指を差します。

「『出発した後、どうやって彼らに見つからずに王都に行くか』。道中見つかってしまえば、恐らく人通りの少なくなった途端に襲い掛かられるでしょう。相手は組織的なので、単に護衛の人数を揃えればいいわけではないと思っています。これは、一つ目の課題を解決すれば、自《おの》ずと答えが出るかもしれません」

三本目と四本目の指を差します。

「『どうやって見つからずに王都に入るか』、そして『どう王都で潜伏するか』。普通に王都に入ろうとすれば、王都周辺を巡回する王都第一大隊に紛れた連中に捕まりかねません。ただこの課題は、それぞれ腹案があります」

そうして、再び一本目の指を差します。

「なので、まずは連中に見つからずに、どうやって私と証人が領都を離れるかを考えたいです。一人で考えてもいい知恵が出なかったので、皆さんの知恵を借りたいと思います」

ふと気付くと、小売組合の組合長マインラートが手を挙げています。

「一つ確認ですが、連中は領都から出て行く全ての方面に、監視の手を割いていると当主様は思われますか？」

「王都方面は厳重に。他もそれなりには監視していると思います。流石に同じくらい厳重に監視するほどの組織であれば、お披露目会には少なくとも倍の数が来ていたと思います」

領都は拠点間物流の終点なので、町の規模はそれほど大きくないにも関わらず、近隣の領からの出入りは多いのです。全てを厳重に見張るだけの余裕はないと見ています。

私の回答を聞いて、彼はちょっと考え込んでいます。やがて顔を上げたマインラートは微笑を浮かべています。

「他の方面はそれなりですか。領都のような小さい町でそれでは、連中がもし王都側でも監視していても、全方面監視するのは難しいでしょう。だとすれば、手はなくはないですよ」

彼がその後に続けた策は、いいかもしれないと私も思いました。

彼は小売商の纏め役をしているだけあり、色々影響力を持っています。その人脈を使うとのことです。

彼の案を基本路線として、領都を出る際の監視の目を逃れるため、マリウス様も含めて幾つか案が出され、具体的な対策が決まっていきました。

また、私が考えている、王都へ入り込んで潜伏する概略を話します。

皆様、特にマリウス様はその方法に驚きます。

でも、具体的にどこに隠れるかは、彼らにも伏せます。情報が漏れるのを防ぐためということで、納得して頂きました。

ですが、ハイマンとマリウス様は、私がどこに隠れるのか気付いた様子です。ハイマンなら、皆に気付かれないように私に連絡する方法は思いつくでしょう。

いずれ『アレ』と対峙するためにも――必ずコンラートを守り切り、王都に戻る。

そう決意し、用意を整え、領都を出発しました。

あとがき

本作「王宮には『アレ』が居る」第二巻を手に取って頂き、有難うございます。

第一巻をお手に取られていない方は、是非第一巻とあわせて読んで頂ければ幸いです。


この巻では、主人公による仕立屋『フラウ・フェオドラ』設立編、マリウスとの婚約〜お披露目編を、「小説家になろう」から大幅に加筆し、書き下ろしエピソードも幾つか加えてお送りしました。

拘束されたリーベル伯爵の捜査が進んでいますが、いよいよ『アレ』による主人公への干渉も始まり、主人公の周囲がきな臭くなってまいりました。

これから主人公がどうなっていくのか。主人公が黙秘した内容は一体何か。

そして、『アレ』とは一体誰なのか。

色々な謎を含んだまま話は続きますが、今後ともよろしくお願いします。


この「王宮には『アレ』が居る」、最初からコミカライズも含めての企画でしたが、正直作者本人としても「なかなかコミカライズは難しいんじゃないか」と思っておりました。

なんせ、この作品ってバリバリの王宮貴族物で、話も結構ハード目ですし、貴族の仕立服屋も出てきますから作画も大変そうです。

ですが、ゆっくりですがコミカライズの企画も進んでいるそうで、どんな風になるのか私も楽しみにしております。


最後に謝辞を。

企画担当のC様、企画進行と全体イメージの共有を有難うございます。執筆スケジュールを考える上で大変助けになっております。

編集担当のY様。本作もご丁寧な対応を頂き有難うございます。

イラストをご担当頂きました三槻《みつき》ぱぶろ先生。今作でも登場人物達を先生のカバーイラストと挿絵で活き活きと動かして頂き有難うございます。この場を借りて厚くお礼申し上げます。

それから、「小説家になろう」から応援して下さった読者様、この第二巻を手に取って下さった読者様に最大の感謝を申し上げます。

春頃に発売されるであろう三巻にて、皆様にまたお会いできることを願っております。

二〇二四年一月吉日　六人部《むとべ》彰彦《あきひこ》

プティルブックス

王宮には『アレ』が居る　2

2024年1月28日　第１刷発行

著　者　六人部彰彦　

発行人　鈴木幸辰

発行所　株式会社ハーパーコリンズ・ジャパン
東京都千代田区大手町 1-5-1
04-2951-2000（注文）
0570-008091　（読者サービス係）

印刷・製本　中央精版印刷株式会社

Printed in Japan K.K.HarperCollins Japan 2024
ISBN978-4-596-53408-8

※この作品はフィクションであり、実在の人物・団体・事件等とは関係ありません。

※本作はWeb上で発表された小説『王宮には『アレ』が居る』に、加筆・修正を加えたものです。